Sombras del pasado

Anne Mather

Editado por HARLEQUIN IBÉRICA, S.A.
Hermosilla, 21
28001 Madrid

I.S.B.N.: 978-84-671-4574-8
Depósito legal: B-47239-2006
Editor responsable: Luis Pugni
Composición: M.T. Color & Diseño, S.L.
C/. Colquide, 6 - portal 2-3º H, 28230 Las Rozas (Madrid)
Fotomecánica: PREIMPRESIÓN 2000
C/. Algorta, 33. 28019 Madrid
Impresión y encuadernación: LITOGRAFÍA ROSÉS, S.A.
C/. Energía, 11. 08850 Gavá (Barcelona)
Fecha impresion para Argentina: 9.7.07
Distribuidor exclusivo para España: LOGISTA
Distribuidor para México: CODIPLYRSA
Distribuidores para Argentina: interior, BERTRAN, S.A.C. Vélez
Sársfield, 1950. Cap. Fed./ Buenos Aires y Gran Buenos Aires,
VACCARO SÁNCHEZ y Cía, S.A.
Distribuidor para Chile: DISTRIBUIDORA ALFA, S.A.

Capítulo 1

HACÍA mucho más frío del que Rosa había esperado. Cuando llegó la noche anterior, había achacado el frío a la lluvia y a sus sentimientos de ansiedad y recelo. Sin embargo, esa mañana, después de haber dormido bastante bien y de un desayuno abundante, ya no tenía excusas. ¿Dónde estaba la ola de calor que iba a barrer el Reino Unido en julio y agosto? No sería allí, en Mallaig. Rosa echó una ojeada al salón del acogedor hostal donde había pasado la noche.

Naturalmente, las pocas ganas que tenía de alejarse de las cosas conocidas se debían en parte a que al cabo de unas horas iba a meterse en un mundo completamente desconocido. Ir a una isla, a unas dos horas de distancia de la costa de Escocia, no era como ir a otro sitio cualquiera. Por eso estaba allí, en Mallaig, que era el puerto de los transbordadores a las islas occidentales. Dentro de una hora embarcaría con rumbo a Kilfoil, pero no estaba segura de que Sophie estuviera allí.

Por suerte, había llevado ropa de abrigo y esa mañana se había puesto una camiseta, una camisa y un jersey de lana. Sobreviviría a la travesía de dos horas, se dijo mientras caminaba por la callejuela que la llevaba al puerto. Hacía mucho frío, pero la vista era maravillosa. Enfrente estaba la isla de Skye y se la podía ver coronada por unas impresionantes montañas. Ella no sabía casi nada de esa parte de Escocia. Su abuelo Ferrara estuvo preso cerca de Edimburgo durante la guerra, pero ella nunca había estado más al norte de Glasgow. Tenía tíos, tías y primos por allí, pero se habían visto muy poco.

Se dio cuenta de que debería haber sido un poco más aventurera. Fue a la universidad en Inglaterra, se casó con un inglés y vivió en Yorkshire casi toda su vida. Era fácil poner la excusa de que no había ido más lejos porque su madre estaba viuda y tenía una hermana pequeña. Sin embargo, la verdad era que no le gustaban las aventuras. Colin prefería pasar la vacaciones en España, donde hacía buen tiempo.

Naturalmente, Colin tampoco era una excusa ya. Hacía tres años que descubrió que la engañaba con la secretaria de su jefe y Rosa no dudó un segundo en pedirle el divorcio. Colin le suplicó que se lo pensase, que no se podían tirar por la borda cinco años de matrimonio por un desliz. Sin embargo, ella sabía que no había sido un desliz aislado. No había sido la primera vez que había sospechado que él se veía con alguien y tampoco sería la última. Afortunadamente, o desgraciadamente para Rosa, no tenían hijos a los que hacer daño con la ruptura. Ella no sabía por qué, pero nunca se quedó embarazada. Durante la vorágine del divorcio, él la había culpado de su infidelidad. Dijo que si ella hubiera pasado más tiempo con él en vez de pasarlo en ese maldito colegio lleno de niños que no la apreciaban, su matrimonio podría haber salido adelante. Rosa, sin embargo, sabía que sólo era una excusa. Sin el sueldo de profesora, no podrían haberse pagado los viajes a España que tanto le gustaban a Colin.

En cualquier caso, todo había pasado y aunque a veces le dolía un poco, en conjunto, las cosas le iban bien. Hasta la llamada del día anterior, que la había llevado hasta Kilfoil para buscar a alguien que no sabía muy bien si estaba allí. Sin embargo, su madre estaba desesperada y Rosa supo que no podía hacer otra cosa.

Suspiró y miró al mar como si allí pudiera encontrar alguna respuesta. ¿Qué pasaría si su madre estaba equivocada? ¿Qué pasaría si Sophie no estaba en la isla? ¿Encontraría algún alojamiento para pasar la noche?

Le habían dicho que las taquillas del transbordador abrían a las nueve y que no tendría problemas para comprar un billete a Kilfoil. Sería una travesía larga y por primera vez estuvo a punto de desear que su madre la hubiera acompañado para poder hablar con alguien conocido.

Liam aparcó el Audi en el estacionamiento y se bajó del coche. El viento que llegaba del mar era cortante, pero el no lo notó. Había nacido en Londres, pero llevaba diez años viviendo en Escocia. Desde que su primer libro alcanzara tanta fama. Un famoso director de Hollywood leyó su libro, le gustó y lo convirtió en un éxito Sin embargo, eso fue cuando su vida en Londres ya empezaba a ser insoportable y violenta. Se pasó la mano por el muslo y notó la cicatriz a través del vaquero usado. Había tenido suerte, se dijo a sí mismo. De las muchas heridas que había recibido, aquella podría haberlo matado. Sin embargo, había sobrevivido a pesar de que le habían atravesado la femoral y bastantes nervios. El atacante sí murió, se clavó el cuchillo cuando creyó que había alcanzado su objetivo.

Liam hizo una mueca. Eso había pasado hacía mucho tiempo y, desde entonces, ninguno de sus libros había tenido una reacción tan brutal de sus lectores. Se alegró de haber vuelto de Londres a tiempo para tomar el transbordador de la mañana. Estaba deseando llegar a Kilfoil para ponerse a trabajar. Entonces, una mujer solitaria que se agarraba a la barandilla captó su atención. Le llamó la atención su pelo, que era muy rojo y con unos rizos que no se sometían al lazo que se había atado en la nuca. Parecía ausente. Miraba a la costa de la isla de Skye como si quisiera encontrar alguna respuesta entre la bruma. Liam se encogió de hombros. Evidentemente, era una turista que iba vestida de verano en esa parte de Escocia.

Jack Macleod, que tenía algunos barcos de vela que alquilaba a turistas, saludó a Liam.

–¡Vaya! –exclamó con una sonrisa–. Empezábamos a pensar que no ibas a volver.

–No vais a libraros de mí tan fácilmente –replicó Liam–. He vuelto en cuanto he podido. Ya no me interesa pasar demasiado tiempo en grandes ciudades.

–Me han contado que has ido a ver al médico –le comentó Jack con una mirada penetrante–. Espero que no sea nada grave…

–Una revisión –contestó lacónicamente Liam, que no quería hablar del asunto.

Sabía que su conversación había captado la atención de la mujer que estaba en el muelle y ella los miraba por encima del hombro. Ella también se dio cuenta de que ellos habían captado su curiosidad y miró hacia otro lado, pero Liam ya se había fijado en el óvalo del rostro y en unos ojos extraordinariamente oscuros para esa tez y ese pelo. Seguramente, el pelo sería teñido. Además, era alta, pero demasiado delgada.

–¿Vas a tomar el transbordador de esta mañana? –siguió Jack sin notar la distracción de Liam.

–Eso espero –contestó Liam.

Cuando se volvió para mirar otra vez a la mujer, ella se había marchado.

Rosa fue al hostal a recoger su equipaje y volvió al muelle a tiempo para comprar el billete a Kilfoil. Se imaginaba que parecería una turista más, con vaqueros, zapatillas y una bolsa colgada de un hombro. Los demás mochileros no le prestaron ninguna atención, al revés que el hombre que había visto hacía un rato, que la había mirado de arriba abajo. Ella notó claramente su censura, pero no supo si era porque había estado observándolo. A ella le había parecido atractivo. Calculó que mediría más de uno ochenta y tenía unas espaldas muy anchas que llenaban completamente una camisa arrugada. Supuso que sería un pescador. No parecía un turista y el hombre que lo acompañaba llevaba botas de goma.

Aun así, seguramente no volvería a verlos. Quizá alguien del transbordador recordara a una chica rubia que había ido a Kilfoil la semana anterior. ¿Se atrevería a preguntar por Liam Jameson? No lo creía. Tenía fama de huraño y de estar enclaustrado. Entonces, ¿Por qué había ido a un festival de música en Glastonbury? ¿Sería para documentarse?

Dudó, como siempre que pensaba en lo que le había dicho su madre. Sophie ya había dado algunos problemas antes, pero ninguno de esa gravedad. Rosa había pensado que su hermana sentaría la cabeza y se iría a vivir con Mark Campion. Sin embargo, su relación colgaba de un hilo por un hombre que había conocido en el festival de música.

Rosa compró el billete. La llovizna había remitido y lucía el sol. Pensó que era un buen presagio. Miró al transbordador que saldría dentro de tres cuartos de hora. Volvió a ver a aquel hombre. Estaba en su coche esperando a embarcar. Súbitamente, se le aceleró el pulso. Él iba a tomar el mismo transbordador que ella. Sin embargo, lo más probable era que no fuera a Kilfoil. Según la señora Harris, la dueña del hostal, Kilfoil había estado desierto varios años hasta que un escritor rico compró el terreno y restauró el castillo para su uso personal. Rosa comprendió que se trataba de Liam Jameson, pero no pidió más datos para no desvelar el motivo por el que iba a la isla. Le dijo que iba a hacer unas fotos para ilustrar un artículo que estaba escribiendo sobre la isla. La señora Harris, sin embargo, le había advertido que la isla era propiedad privada y que necesitaría un permiso para hacer fotos.

Perdió de vista al hombre cuando se montó en el transbordador. Subió a la cubierta superior y notó un escalofrío cuando el viento le atravesó la chaqueta de cachemira. También se preguntó por qué alguien con dinero para comprarse una isla habría decidido vivir en un sitio así. Tendría que estar loco. Sólo podía suponer que estaría en su ambiente para escribir sus historias de terror. Además, según su hermana, la próxima película iban a rodarla en la propia isla. Sin embargo, ¿era factible? ¿Qué tenía de verdad la historia que Sophie la había contado a Mark? Rosa no se la habría creído, pero su madre había creído hasta la última palabra.

Si por lo menos Jameson no hubiera implicado a su hermana... Ella tenía casi dieciocho años y era muy impresionable. Además, su ambición era ser actriz profesional. Si hubiera conocido a Jameson, se habría quedado muy impresionada. Vendía millones de libros y Sophie los devoraba en cuanto salían a la venta. Todas sus películas habían sido éxitos de taquilla y habían alcanzado categoría de películas de culto gracias a la creciente fascinación por lo sobrenatural. Concretamente, por lo vampiros, que eran su sello particular.

Sin embargo, ¿habría ido a un festival de música rock? Cosas más raras se habían visto, desde luego. Lo que estaba claro era que Sophie había convencido a Mark de que era una oportunidad que no podía desperdiciar. ¿Por qué no había llamado ella a su madre para explicárselo? Lo que no resultaba nada convincente era que hubiera dejado que Mark diera las explicaciones. Sin embargo, si era mentira, ¿dónde estaba?

Afortunadamente, en la cubierta superior había una cabina donde los pasajeros podrían tomar sándwiches, refrescos y bebidas calientes. Rosa entró y encontró un asiento junto a la ventanilla. Los pasajeros terminaron de entrar y la fila de coches también desapareció.

Rosa se alegró de que Kilfoil fuera la primera escala. Cuando salieron a mar abierto, el barco empezó a subir y bajar acunado por la olas. Rosa se encorvó, miró al grupo de gente que se había amon-

tonado en el bar y lamentó no haber pedido una be-
bida. Estaba segura de que no podría atravesar la
cabina sin marearse. El transbordador se movía mucho.

–¿Se siente mal?

Rosa, que se imaginó que estaría pálida, miró
hacia arriba y se encontró con el hombre del estacionamiento. Al parecer, a él no le afectaba el vaivén. Llevaba una chaqueta de cuero muy gastada,
una camisa y unos vaqueros y parecía igual de
grande e imponente que antes. La camisa le salía
por encima de los vaqueros en algunas partes y dejaba ver una piel morena y curtida. Ella pensó que
era la encarnación del sexo, pero él estaba esperando una respuesta y Rosa esbozó una sonrisa forzada.

–No esperaba que el mar estuviera tan movido
–reconoció ella mientras se preguntaba si él se habría dado cuenta de que tenía los ojos a la altura de
sus ingles–. Me imagino que usted estará acostumbrado.

Él entrecerró unos ojos verdes como esmeraldas.
Rosa se fijó en su piel bronceada, en su mentón fir-
me y en su boca, extrañamente sensual a pesar de
que tenía los labios apretados. Le pareció muy gua-
po.

–¿Por qué dice eso? –le preguntó él con un acen-
to que no era escocés.

Rosa parpadeó al no acordarse de lo que había
dicho.

–Ah… Me pareció que usted era de la zona
–contestó ella atropelladamente–. Evidentemente,
estaba equivocada. Es inglés, ¿no?

Liam frunció el ceño y se arrepintió de haberle

preguntado si se encontraba mal. La había visto tan pálida, que había sentido lástima. Era evidente que parecía fuera de lugar. No llevaba ropa de agua ni botas y hasta su bolsa parecía muy fina.

—No todos hablamos escocés —replicó él al cabo de un rato.

—De acuerdo —Rosa contuvo su indignación. La conversación, por lo menos, la distraía del oleaje—. Entonces, ¿vive en las islas?

—Es posible. Espero que no vaya a hacer alguna caminata con esa ropa —añadió él.

—No es de su incumbencia.

—No. Estaba pensando en voz alta, pero antes no pude evitar fijarme en el frío que estaba pasando.

Se había fijado en ella… Rosa sintió menos animadversión hacia él.

—Hace más frío del que había previsto, pero espero no pasar mucho tiempo aquí.

—¿Una visita fugaz?

—Más o menos.

—¿Tiene familia por aquí? —le preguntó él con el ceño fruncido.

Rosa contuvo el aliento. Ese hombre hacía muchas preguntas, pero también se acordó de que tenía que preguntar si alguien había visto a su hermana. Si ese hombre montaba periódicamente en el transbordador, quizá la hubiera visto, como a Liam Jameson, pero prefería no hablar de él.

—La verdad es que espero reunirme con mi hermana —contestó ella con un tono despreocupado—. Es rubia y guapa. Calculo que hizo la travesía hace dos días.

—No es posible —replicó él al instante—. El transbordador sólo tiene servicio los lunes y los jueves.

Si ha hecho la travesía, tuvo que ser el jueves pasado.

Rosa tragó saliva. El jueves, Sophie seguía en Glastonbury con Mark. Él llamó el sábado por la noche para decirle a su madre lo que había pasado y su madre la llamó a ella al borde de la histeria.

–¿Está seguro?

Rosa intentaba asimilar lo que había oído mientras se preguntaba si Liam Jameson tendría un helicóptero. Era muy probable. Seguramente, no viajaría con la gente normal. También era posible que tuviera un barco propio en Mallaig. Había sido muy ingenua al no imaginárselo.

–Estoy seguro –contestó él con una mirada de curiosidad–. ¿Significa esto que después de todo no cree que su hermana esté aquí?

–Es posible –no tenía intención de contarle lo que pensaba–. ¿Queda mucho?

–Depende de adónde vaya.

–Mmm… A Kilfoil.

Rosa decidió que no pasaba nada por decírselo y captó que él se había sorprendido.

Capítulo 2

LIAM estaba sorprendido. Creía que sabía todo sobre las familias que habían ido a la isla después de que él la comprara. Llevaba bastantes años deshabitada y las casas de campo estaban medio derruidas. Mientras se rehabilitaron las casas, se repuso el generador eléctrico y se recuperaron los servicios básicos, todas aquellas personas se hicieron amigas suyas, además de ser sus inquilinos. En esos momentos, Kilfoil gozaba de una economía boyante gracias al turismo, la pesca y la agricultura y mantenía a unas cien personas. Quiso preguntarle por qué creía que su hermana podría estar en la isla, pero sabía que ya le había hecho demasiadas preguntas. Aunque le intrigaba el aire de inocencia mezclada con desprecio que empleaba para hablar de la isla. Podría equivocarse, pero le daba la sensación de que había algo más que el deseo de encontrarse con su hermana. ¿Se habría escapado? Quizá se hubiera fugado con un novio. Sin embargo, ¿por qué habría ido a Kilfoil?

Rosa vio que él se metía la manos en los bolsillos traseros de los vaqueros sin darse cuenta de que se le había desabotonado el botón de la cinturilla. Pensó decírselo, pero eso habría dejado claro que estaba mirándolo.

–Como otra hora –contestó él a la pregunta de Rosa.

Él, como si hubiera notado el ansia de ella, fue hacia el bar que había al otro lado de la cabina. Ella, de soslayo, lo vio hablar con el joven que lo atendía. Luego, le dio algo de dinero y el camarero le acercó dos vasos de plástico. ¿Sería uno para ella? Rosa no se atrevió a mirarlo mientras volvía.

–¿Quiere un café?

–Mmm… No… hacía falta –balbució ella mientras tomaba uno de los vasos–. Gracias. ¿No quiere sentarse?

Liam dudó. Invitar a café a desconocidas y sentarse con ellas no era su estilo, pero parecía tan desorientada, que no podía abandonarla. Pensó que quizá fuera una periodista, pero si lo era, había estado muy desenvuelta con él. En cualquier caso, parecía demasiado vulnerable para estar sola. En contra de su criterio, se sentó en el asiento que había junto a ella. Dio un sorbo de café, la miró de reojo y comprobó que ella también lo miraba.

–Al menos está caliente –comentó él.

–Está muy bueno –replicó ella con muy poca sinceridad–. Ha sido muy amable.

–La hospitalidad escocesa –Liam se encogió de hombros–. Tenemos esa fama.

–Entonces, ¿es escocés? Conocerá bien esta zona –Rosa hizo una pausa–. ¿Cómo es Kilfoil? ¿Tiene todos los adelantos de la civilización?

Liam estuvo a punto de atragantarse con el café.

–¿Dónde se cree que está? –exclamó él cuando pudo hablar–. ¿En Mongolia?

–No –Rosa se sonrojó–. Hábleme de la isla. ¿Tiene casas, tiendas, hoteles…?

Liam dudó. No sabía si darle una imagen resplandeciente de su isla porque tampoco quería parecer que la conocía demasiado bien.

–Es como otras muchas islas. Tiene un pueblo donde puede comprar lo que necesite. El correo y los objetos de lujo llegan en barco. Como los turistas que se alojan en hostales.

–Entonces, no es muy desolador… –Rosa pareció aliviada.

–Es preciosa. Todas las islas son preciosas. Yo no viviría en otro sitio.

–¿Dónde vive? –le preguntó Rosa con las cejas arqueadas.

–En Kilfoil –reconoció él a regañadientes antes de levantarse–. Disculpe, tengo que ir a comprobar mi coche.

Él se fue y Rosa terminó el café pensativamente. No le había sorprendido la respuesta, pero seguía preguntándose qué hacía un hombre así en ese sitio. No parecía un pescador, como pensó en un principio. Quizá trabajara para Liam Jameson o fuera parte del equipo de la película si estaban rodando allí. Tendría que haber preguntado si estaban rodando en la isla, pero si lo hubiera hecho, habría tenido que explicar qué hacía allí. Era mejor esperar antes de hacer preguntas. No quería que Jameson sospechara quién era. Sintió un estremecimiento al pensar en su misión. ¿En qué embrollo se había metido? Si estaban rodando una película, le gente del pueblo lo sabría. Otro asunto era que le dijeran dónde vivía Liam Jameson.

La travesía se le hizo eterna, mucha más larga que los tres viajes en tren que había hecho para llegar a Mallaig. En el tren por lo menos podía mirar el paisaje. Suspiró y miró el reloj. Si aquel hombre tenía razón, no faltaría mucho. Miró hacia la proa y vio una masa imponente de tierra. Esperó que fuera Kilfoil. Llamaría a su madre en cuanto desembarcara. Lucia Chantry estaría ansiosa de recibir noticias. Sophie era la niña de sus ojos. Aunque su madre supiera perfectamente que podía ser egoísta y terca, había dejado siempre muy claro que Sophie era su hija favorita. Sophie no se equivocaba nunca mientras que ella lo hacía todo mal. Su matrimonio con Colin Vincent no fue una excepción. A su madre no le gustó nunca y no vaciló en decirle que ya se lo había avisado cuando Colin resultó ser un canalla.

El barco redujo la marcha al acercarse a Kilfoil. Rosa se levantó para poder ver su destino. Tenía muy poco atractivo. Sólo veía una serie de casitas de campo que ascendían por una colina desde el puerto, pero estaba nublado y eso no ayudaba, seguro que era más bonito a la luz del sol.

Quince minutos más tarde, ya estaba en el muelle observando los pocos coches que se bajaban en la isla. La isla le pareció mayor de lo que había imaginado. Aparte, si encontraba allí a Sophie, si ella había dicho la verdad, ¿qué podría hacer para llevársela consigo? Si su hermana estaba empeñada en ser actriz, nada de lo que le dijera ella la detendría. Rosa acababa de ver la señal de la oficina de correos cuando se fijó en un Audi gris que se acercaba a ella. El hombre que la invitó a café iba al volante y ella se dio la vuelta bruscamente. No quería que él pensara que estaba buscándolo. Para su alivio, el coche pasó de largo, pero al cabo de unos metros, frenó en seco y empezó a retroceder. Se paró junto a ella y la puerta se abrió. El hombre sa-

lió del coche con un esfuerzo evidente y se volvió
hacia ella. Rosa se dio cuenta de que cojeaba un
poco, algo que ya había notado en el barco pero que
había atribuido al vaivén.

Liam, por su parte, estaba maldiciéndose por ser
tan idiota. Sin embargo, ella parecía desamparada y,
evidentemente, no estaba interesada en él. Se había
dado cuenta de que ella le había dado la espalda.
Entonces, ¿por qué volvía a hacer de caballero an-
dante?

—¿Le pasa algo? —le preguntó él.

—Espero que no —contestó ella con cierta tirantez—. Estaba buscando la oficina de correos. Quería
preguntar dónde está el castillo de Kilfoil.

—¿El castillo? ¿Para qué quiere saber dónde está
el castillo? No está abierto al público.

—Ya lo sé —Rosa suspiró—. ¿No sabrá usted si están rodando una película aquí?

—¿Una película?

Liam se preocupó. ¿Habría estado completamente equivocado sobre esa mujer?

—Sí. Tengo entendido que están rodando una película sobre un libro de Liam Jameson.

Liam la miró fijamente y se preguntó si era tan
ingenua como parecía.

—¿Por qué ha pensado que Liam Jameson iba a
permitir que el equipo de una película arrasara su
isla? Se han hecho muchas películas con sus libros,
pero no se han rodado aquí.

A Rosa le pareció que se le caía el alma a los
pies. ¿Qué estaba pasándole? ¿Había esperado encontrar a su hermana en el rodaje?

—Creo que se ha confundido —añadió él amablemente—. Alguien le ha dado una información equi-

vocada. Puedo asegurarle que nadie está rodando una película aquí.

—¿Está seguro? —le preguntó ella mientras sacudía la cabeza.

—Completamente.

—¿No está intentando desalentarme?

—¡No! —Liam la miró con lástima—. Comprendo que tiene que ser una decepción, pero creo que su hermana no está aquí.

—No recuerdo haber dicho que yo pensara que mi hermana era parte del equipo de la película —replicó Rosa con el ceño fruncido.

—No, pero tampoco hay que ser muy listo para sumar dos más dos.

—De acuerdo. Quizá pensé que Sophie estaba con ellos, pero si no lo está, quizá esté en algún otro sitio.

—¿En la isla? —Liam la miró fijamente.

—Sí —Rosa levantó la cabeza—. Quizá usted pudiera decirme dónde está el castillo. ¿Hay algún taxi o algún vehículo que pueda llevarme si está muy lejos?

—¿Por qué piensa que su hermana puede estar en el castillo de Kilfoil? —Liam parpadeó.

—Porque parece ser que conoció a Liam Jameson hace unos días en el festival de Glastonbury. Él le dijo que estaban rodando una película de su última novela en Escocia y le ofreció una prueba para un papel.

Decir que Liam se quedó pasmado sería poco decir. Fue como si le estuvieran hablando en un idioma que no entendía. Hasta el domingo por la mañana había estado en una clínica de Londres donde le habían dado un tratamiento para mitigar los espasmos de su pierna. Además, jamás en su vida había ido a un festival de música rock.

Liam se dio cuenta de que ella esperaba que dijera algo. Era evidente que ella creía lo que acababa de decirle. Su expresión lo decía muy claramente. Sin embargo, si su hermana le había contado ese cuento, ¿por qué se lo había tragado? Cualquiera que conociera a Liam Jameson sabía que era mentira.

Sin embargo, ella no lo había reconocido y también era verdad que dos de sus libros se habían rodado en Escocia, aunque no en Kilfoil.

–Liam Jameson vive aquí, ¿verdad?

Rosa quería que él dijera algo y dejara de mirarla con aquellos penetrantes ojos verdes. Parecía como si vieran en lo más profundo de ella. Él no lo sabría, pero estaban consiguiendo que ardiera por dentro.

–Sí –contestó él cuando ella consiguió apartar la mirada–. Vive en el castillo, como supongo que usted sabrá. Sin embargo, es imposible que le ofreciera una prueba a su hermana. Él no participa en la producción de la película. Si ella le ha dicho otra cosa, estaba equivocada.

–¿Por qué lo sabe? –Rosa sintió la curiosidad de saber por qué estaba tan seguro–. ¿Lo conoce?

–Sí –Liam se había esperado la pregunta–. Está… recluido y, que yo sepa, nunca ha estado en Glastonbury. Su hermana debe de ser muy joven y él tiene cuarenta y dos.

–¡Cuarenta y dos años! Tan viejo…

–No es tan viejo –replicó Liam, que no pudo evitar un tono de indignación–. ¿Cuántos años tiene su hermana?

–Casi dieciocho. ¿Cree que a Liam Jameson le gustan las jovencitas?

–No es un pervertido. Además, no tiene ninguna prueba de que ella se fuera con él.

–Lo sé –Rosa resopló–, pero, si no, ¿dónde puede estar ella? –Rosa se humedeció los labios con un gesto involuntariamente provocador–. En cualquier caso, si me da la dirección del castillo, iré a ver si Jameson puede decirme algo.

En ese punto, Liam debió explicarle quién era, pero se acobardó. Había llegado demasiado lejos con el engaño y, además, su sentido de la intimidad se lo impedía.

–Mire, creo que está perdiendo el tiempo. Jameson no ha ido nunca a un festival de música rock –ella lo miraba fijamente–. Que yo sepa…

–Usted sabe mucho de él. ¿Seguro que no es su amigo?

–Seguro, pero vivo en la isla y es muy pequeña.

–No parece tan pequeña –replicó Rosa sombríamente–. Si le soy sincera, no tengo interés en conocer a ese hombre. Escribe cosas espantosas de fantasmas y hombres lobo…

–Vampiros –le corrigió Liam precipitadamente.

–…cosas de ésas –siguió ella, que no lo había escuchado–. Seguramente, por eso él impresionó tanto a Sophie. Ha leído todo lo que ha escrito.

–¿De verdad?

Liam no pudo evitar cierto orgullo. Su agente y su editor le habían dicho mil veces que era un buen escritor, pero él nunca se lo había creído del todo.

–Sí –Rosa volvió a suspirar–. A Sophie le encantan los libros, el cine y la televisión. Quiere ser actriz. Si ese hombre hubiera hablado con ella, Sophie habría sido una marioneta en sus manos.

–Pero no ha hablado con ella –aseguró Liam–.

Bueno, ¿realmente cree que lo ha hecho? –se corrigió.

–Es posible que no, pero, si no le importa, me gustaría que me lo dijera el propio Jameson.

Liam dio una patada a una piedra. Sabía que en cualquier momento podría aparecer alguien que se dirigiera a él.

–¿Por qué no toma el transbordador y vuelve a su casa? Si su hermana quiere decirle dónde está, se lo dirá. Si no, lo más sensato es que no acuse a la gente de cosas que no puede demostrar.

–¿Tomar el transbordador? –Rosa sintió un escalofrío–. Ni hablar.

–Ya le he dicho que no vuelve hasta el jueves.

Rosa intentó disimular lo desanimada que se sentía.

–No puedo hacer nada al respecto y Liam Jameson es lo único a lo que puedo agarrarme.

–De acuerdo –Liam resopló–. Si es su última palabra, la llevaré.

–¿Adónde?

–Al castillo. Ahí es a donde quiere ir, ¿no?

–Sí, claro, pero, ¿cree que el señor Jameson me recibirá?

–Yo me ocuparé –contestó él irónicamente–. Vamos.

–Pero ni siquiera sé quién es usted…

A Rosa, repentinamente, le pareció que no estaba bien montarse en un coche con un desconocido.

–Soy… Luther Killian.

Liam había esperado que ella reconociera al protagonista de sus novelas, pero no hubo reacción. Su hermana habría leído sus libros, pero ella, evidentemente, no.

Capítulo 3

ESTÁ... muy lejos? –preguntó ella vacilantemente.

–Demasiado lejos para ir andando –Liam dejó escapar un suspiro de impaciencia–. Naturalmente, también está el viejo McAllister. Tiene un taxi, pero no puedo garantizarle que el coche sea muy fiable.

Rosa miró su bolsa, que pesaba más de lo que había esperado cuando la llenó.

–Bueno, gracias –dijo ella con cierto recelo–. Si no le desvío de su camino...

Liam, furioso consigo mismo, agarró la bolsa y abrió la puerta trasera del coche. Dejó la bolsa en el asiento e hizo un gesto para que ella se montara delante. Le dolía la pierna de estar tanto tiempo de pie y quería sentarse.

–No me ha dicho si está lejos –insistió ella cuando Liam se puso al volante.

–La isla no es muy grande –replicó él–. No se preocupe, no tardaremos mucho.

Es lo que Rosa esperó, pero la isla le pareció mayor de lo que había imaginado a medida que subían por la colina. Llegaron a una especie de meseta que se extendía hasta el infinito y que estaba llena de lagos que reflejaban los rayos del sol. A la izquierda, en la lejanía, las montañas resultaban imponentes con las cumbres cubiertas de nubes.

–Estamos en el páramo de Kilfoil –comentó Liam–. No se deje engañar por su aspecto. Hay muchas ciénagas. Ni las ovejas pastan por aquí.

–¿Es usted granjero, señor Killian?

–Tengo algo de tierra –Liam sonrió para sus adentros–. La isla es menos hostil al otro lado del páramo.

–¿Alguien ha entrado en el páramo y se lo ha tragado una ciénaga?

–Sólo en los libros de Jameson –Liam la miró burlonamente.

–Parece un hombre raro. Supongo que al vivir aquí podrá hacer lo que quiera.

–¡Es escritor! –exclamó Liam con indignación–. Escribe sobre monstruos, pero eso no le convierte en uno de ellos.

–Supongo…

Rosa se dio cuenta de que tanta soledad la asustaba. Oyó el graznido de un cuervo y un escalofrío le recorrió toda la espina dorsal. Dio un respingo y Liam se volvió para mirarla con curiosidad.

–¿Le pasa algo?

–Estaba pensando en lo que usted dijo –contestó ella para disimular–. Creo que tiene razón. Jameson no habría traído aquí a Sophie.

–¿No…?

–No. Quiero decir… –Rosa señaló el páramo–. No me imagino que alguien que vive aquí vaya a un sitio tan bullicioso como un festival rock. ¿Y usted?

–Creo que dije lo mismo hace como media hora –contestó él secamente.

–Ya, es verdad. Lo siento, debí haberle hecho caso.

Liam sacudió la cabeza. No sabía qué esperaba ella que dijera o hiciera, pero si esperaba que diera la vuelta y la llevara al pueblo, se equivocaba. Estaba agotado. Si quería volver, la llevaría Sam. Él necesitaba desayunar, ducharse y acostarse. Al menos, eso se dijo a sí mismo. Sentía un rechazo extraño a abandonarla. Le daba lástima. La habían mandado allí en una misión imposible y se sentiría bastante ofendida cuando se diera cuenta de que él también la había engañado. Sin embargo, también le asombraba lo que estaba pensando. Aquello siempre había sido su refugio. El único sitio donde podía escapar de su vida desenfrenada de Londres. ¿Qué estaba haciendo al llevar a una desconocida? No era ninguna niña, ya era mayor para cuidarse sola.

–En cualquier caso –dijo ella repentinamente–, voy a preguntarle si sabe dónde puede estar mi hermana. Si están rodando una película, él sabrá dónde. ¿No cree?

Liam apretó el volante con fuerza y se preguntó por qué no le decía quién era, por qué no reconocía que había tenido miedo de que ella tuviera algún motivo oculto para ir allí. Quizá ella no lo creyera, pero sería mejor que sentirse un mentiroso cada vez que ella decía su nombre.

–Mire, señorita…

–Chantry. Rosa Chantry.

–Señorita Chantry –Liam vaciló–. Mire, creo que hay algo…

–¡Dios mío! –exclamó Rosa. Liam pensó que lo había adivinado, pero ella se dio la vuelta y sacó un móvil de la bolsa–. Había prometido llamar a mi madre en cuanto llegara a la isla. Disculpeme un minuto. Tengo que decirle que estoy bien antes de que piense que ha perdido a sus dos hijas.

—Ya, pero… —él fue a decirle que allí no había cobertura.

—Maldita sea, he debido de quedarme sin batería —le interrumpió ella—. No hay señal…

—Es porque en Kilfoil no hay repetidores de telefonía móvil —le explicó Liam—. La isla estuvo desierta durante años y, aunque las cosas han cambiado algo, hemos preferido no estropearla con esa basura del siglo XX.

—¿Quiere decir que no puedo llamarla?

—No. Hay líneas terrestres.

—¿Cree que el señor Jameson me dejara hacer una llamada desde el castillo?

—Seguro que sí —Liam se dio cuenta de que había vuelto a ser el personaje que había creado—. No se quede con la idea de que la isla está retrasada. Desde su modernización, es un sitio bastante apetecible para vivir en él.

Rosa arqueó las cejas.

—¿Por eso ha venido a vivir aquí? Para escapar de la vida alocada de la ciudad.

—Es una forma de decirlo.

—¿Le gusta vivir aquí? ¿No se aburre?

—Nunca me aburro. ¿Y usted?

—No tengo tiempo para aburrirme —contestó ella abatidamente—. Soy maestra.

—Ah.

Liam pensó que eso explicaba algunas cosas. Como por qué podía estar allí a mediados de agosto o por qué a veces parecía tan estirada.

Fueron dejando atrás el páramo y a descender por una carretera sinuosa hacia el llano.

—Allí está el castillo —le señaló él—. ¿Qué le parece?

—Es precioso…

El castillo se alzaba majestuoso al borde del mar.

—Pero, ¿cómo puede vivir alguien ahí? —siguió ella—. Debe de tener más de cien habitaciones.

—Cincuenta y tres —aclaró Liam irreflexivamente—. Al menos, eso he oído.

—¡Cincuenta y tres! —Rosa sacudió la cabeza—. Tiene que ser muy rico.

—Algunas son antesalas —Liam no pudo evitar justificarse—. Estoy seguro de que no las usa todas.

—Ya me lo imagino. ¿Está casado?

—No —al menos eso salía en las contraportadas de todos sus libros.

—¿Vive solo? —insistió Rosa—. ¿Tiene novia o novio? Nunca se sabe…

—No es homosexual —replicó Liam categóricamente—. Tiene bastante personal que se ocupa del castillo, así que no está solo.

—En cualquier caso… Seguro que tiene que pagar muy bien a sus empleados para que vivan aquí.

Liam apretó las mandíbulas. Podría haberle dicho que algunos de sus empleados habían escapado de Londres, como él. También empleaba a lugareños, pero éstos sólo trabajaban a tiempo parcial para poder ocuparse de sus asuntos. Era gente muy independiente que prefería pescar o trabajar el campo antes que estar encerrados.

Se acercaron al castillo por un campo donde había ovejas y vacas. También había granjas con paredes blancas y chimeneas humeantes y un riachuelo que bajaba de las montañas para desembocar en el mar. Al fondo, la costa era de arena limpia, intacta y completamente desierta. El mar estaba en calma y en algunas partes era tan verde como… los ojos de Luther Killian. E igual de intrigante, aunque, seguramente, tan frío como el hielo.

Al acercarse, el castillo mostró todo su esplendor. Naturalmente, se habían hecho reformas, pero se habían hecho de tal forma que no estropeaban su encanto. Sólo desentonaban una ventanas cuadradas que sustituían a las troneras. Sin embargo, la maciza puerta de roble parecía una defensa tan sólida como siempre.

Había unos edificios a un lado del castillo y un patio adoquinado que terminaba en los escalones de piedra del edificio principal. Pasaron por encima de un puente de madera que salvaba el foso y aparcaron en el patio. Una de las puertas tachonadas se abrió inmediatamente y apareció un hombre con varios perros que se acercaron a ellos agitando los rabos.

Liam abrió la puerta del coche y se bajó. Tenía la pierna entumecida y maldijo esa debilidad por fastidiarle uno de sus grandes placeres. Siempre le había gustado conducir y tenía un montón de coches. Los prefería al helicóptero que su agente se había empeñado en que se comprara y que, en realidad, solía tenerlo alquilado al servicio de salvamento local.

Se sobrepuso al dolor y fue hacia Sam Devlin, el hombre que llevaba el castillo con destreza y eficiencia.

–Liam… –empezó a decir Sam hasta que su jefe

se puso un dedo en los labios–. Me alegro de verte –corrigió Sam con las cejas arqueadas–. ¿Pasa algo?

Liam miró hacia atrás y Sam vio que Rosa se bajaba del coche.

–¿Tenemos visita? –le preguntó sin salir de su asombro.

–Sí –Liam estrechó la mano del anciano y siguió en voz baja–. Ha venido porque quiere preguntarle a Liam Jameson si sabe dónde esta su hermana.

–¿Qué? –Sam lo miró fijamente–. Pero tú eres…

–Ella no lo sabe. Es una historia muy larga. Tú sigue el juego. Pienso decirle quién soy, pero… todavía no.

–Pero, ¿para qué la traes…? –Sam se calló al ver que Rosa se acercaba–. Bienvenida a Kilfoil, señorita.

–Le presento a Sam Devlin, la mano derecha de Liam Jameson. Sam, te presento a la señorita Chantry, Rosa Chantry, ¿no? –la miró para confirmarlo–. A lo mejor la señora Wilson sería tan amable de darle algo de comer.

–Seguro que hará algo –confirmó Sam irónicamente.

Rosa, sin embargo, no quería abusar de su anfitrión.

–En realidad, me conformaría con hablar un momento con el señor Jameson…

–El señor Jameson está… ocupado en este momento, señorita Chantry –intervino Sam–. Si me acompaña, le diré dónde puede esperarlo.

–Pero, ¿cree que me recibirá?

Rosa se dirigió a Sam, aunque Liam le había garantizado que él se ocuparía.

Sam miró a su jefe sin saber qué decir.

–Yo… creo… –Liam le hizo un gesto de asentimiento–. Mmm… sígame.

Rosa dudó y se volvió con una sonrisa de agradecimiento hacia el hombre que la había llevado allí.

–Gracias por traerme, señor Killian.

Liam inclinó la cabeza al darse cuenta de que Sam lo miraba boquiabierto.

–Ha sido un placer –replicó él dándose cuenta de que lo decía sinceramente.

Liam se alejó mientras Sam se tranquilizaba y la llevaba dentro del castillo. Ella no estaría tan agradecida cuando supiera quién era él.

Entretanto, Rosa sintió una tristeza injustificada por no volver a ver a Luther Killian. Había sido amable a pesar de que ella había sido ingrata. Lamentó no haberle preguntado dónde vivía. Al fin y al cabo, pasara lo que pasara, iba a tener que quedarse un par de días en la isla.

Siguió a Sam al castillo con cierta reticencia. Pese a las ganas que tenía de hablar con Jameson y zanjar ese asunto, el lugar era un tanto abrumador. Si bien el vestíbulo estaba brillantemente iluminado con candelabros y había una enorme chimenea encendida, todo ello era intimidante. Le recordaba que el hombre que había ido a visitar se ganaba la vida asustando a sus lectores.

–Utilizamos el vestíbulo como sala de recepción –le explicó Sam–. El resto del castillo es mucho más acogedor. Si no, sería imposible calentarlo.

–¿El señor Jameson vive aquí todo el año?

Sam se pensó las palabras antes de contestar.

–Casi todo. Salvo cuando se va por trabajo o placer. Por favor, sígame.

Para sorpresa e inquietud de Rosa, cruzaron el vestíbulo hasta una escalera de caracol con escalones de piedra que llevaba al piso superior. Los escalones estaban cubiertos por alfombras, pero Rosa los miró con poco entusiasmo. Supuso que la llevarían a una de las habitaciones que daban al vestíbulo.

–¿No sería mejor que esperara aquí al señor Jameson?

–Me temo que no –contestó Sam amable pero rotundamente–. Esta planta del castillo está ocupada por la cocina y las habitaciones del servicio permanente.

–Entiendo.

A Rosa le tranquilizó saber que había más gente que vivía y trabajaba allí. Siguió a Sam escaleras arriba y comprendió que debía estar en una de las torres que había visto desde la carretera. Llegaron a un pasillo estrecho con ventanas que daban a la bahía.

–¡Es maravilloso! –exclamó ella.

Se podía ver el patio del castillo y el puente que habían pasado. Además, asombrosamente, también se podía ver que el coche de Luther Killian seguía allí.

–Mmm… el señor Killian sigue aquí… –dijo ella con el ceño fruncido.

–¿De verdad?

Sam no pareció especialmente interesado y Rosa se acordó de que Killian le había dicho que él hablaría personalmente con Liam Jameson. Quizá estuviera explicándole la situación. De ser así, sería otra cosa que ella tendría que agradecerle. Le preguntaría a Sam dónde vivía Killian antes de marcharse. Sin embargo, al pensar en marcharse, se acordó de que no había llamado a su madre.

–Mmm… ¿cree que podría hacer una llamada mientras espero?

–Ahí hay un teléfono –contestó él mientras se encogía de hombros y abría una puerta que daba a una biblioteca–. Siéntase como en su casa. Le pediré a la señora Wilson que le traiga unos refrescos.

–¿Le dirá al señor Jameson que estoy aquí? –le recordó ella intrigada por el gesto que había hecho él.

–Se lo diré. Si me excusa…

Rosa asintió con la cabeza e intentó no alarmarse cuando él cerró la puerta con cierta contundencia. Por lo menos, había llegado a su destino y, si las cosas no salían como ella esperaba, no sería por culpa suya.

Echó una ojeada a la habitación. Una de las paredes era curva, al estar en la torre, pero las demás estaban cubiertas por estanterías repletas de libros. Había una mesa de despacho con tapa de granito, llena de papeles y con un ordenador personal, y varias butacas de cuero. Rosa se preguntó si aquéllos serían los libros que había escrito Jameson, pero, evidentemente, eran demasiados. Se acercó a una estantería y sacó un libro con cubiertas de cuero. Sin embargo, volvió a guardarlo inmediatamente a leer el título: *Mitos de los vampiros del siglo XV*.

Aquello era una pérdida de tiempo, se dijo al ver el teléfono en la mesa. Su madre estaría mordiéndose las uñas. Sobre todo, si ella había intentado llamarla. Se acercó a la ventana y esperó la conexión. Desde allí, podía ver los jardines y dos invernaderos enormes. El castillo era autosuficiente y, en contra de su reacción inicial, Rosa envidió a Jameson por vivir allí. Era apacible como pocos sitios lo eran en esos días. Entonces, su madre contestó.

–Rosa… Rosa, ¿eres tú? ¿Has encontrado a Sophie? ¿Está bien?

–No la he encontrado. No se está rodando ninguna película en la isla. Sophie ha debido de inventárselo.

–Ella no haría eso –su madre era muy crédula en todo lo referente a Sophie–. Si no está allí, será porque Mark se ha equivocado. Escocia es muy grande, estarán rodando en otro sitio.

–¿Dónde?

–No lo sé. Tendrás que adivinarlo.

–A lo mejor me entero de algo cuando haya hablado con Liam Jameson.

–¿No has hablado con él?

–No he tenido tiempo.

–Por Dios, Rosa, ¿qué has estado haciendo?

–Llegar hasta aquí –respondió Rosa con indignación–. Ha sido un viaje muy largo.

–Entonces, ¿dónde estás? En algún bar de Mallaig, supongo. ¿Quién te ha dicho que no están rodando una película en la isla?

–Estoy en la isla, en el castillo del Kilfoil y estoy segura de que aquí no hay nada.

–Si Jameson no está ahí…

–No he dicho eso –le interrumpió Rosa–. He dicho que sabré algo más si hablo con él.

–¿Él no está con el equipo de rodaje?

–Parece ser que no –Rosa oyó que se abría la puerta de la biblioteca–. Tengo que dejarte. Te llamaré en cuanto sepa algo.

Colgó antes de que su madre pudiera darle más

instrucciones. Se dio la vuelta y se encontró con Luther Killian junto a la puerta. Se había cambiado. Llevaba una camisa morada de manga larga y unos pantalones de algodón. Además, a juzgar por las gotas de agua que brillaban en su pelo negro, también se había duchado.

–Hola… –le saludó ella sin salir de su asombro–. Creía que se había ido.

–¿Va todo bien en su casa? –le preguntó él, que había adivinado la conversación–. Parece… asombrada de verme.

–Lo estoy. ¿Ha hablado con Liam Jameson? ¿Va a recibirme?

–Ya lo ha hecho –contestó él aunque le costó mucho hacerlo–. Siento decepcionarle, pero yo soy Liam Jameson.

–¡Está de broma!

–No –Liam fue a ponerse detrás de la mesa de despacho–. No quería engañarla, al menos, al principio. Sencillamente, todo surgió así.

Capítulo 4

NO dirás en serio que vas a permitir que se quede aquí hasta que pueda tomar el transbordador de vuelta, ¿verdad? –Sam estaba espantado–. No sabes nada de ella. ¿Cómo sabes que no es una treta para meterse en el castillo?

–No lo sé –Liam terminó el plato de huevos con beicon y dio un sorbo de café–, pero, en respuesta a tu primera pregunta, te diré que se marcha esta mañana.

–Menos mal. Cuando Edith me dijo que iba a quedarse a pasar la noche, no podía creérmelo. No es que no parezca sincera, es que es impropio de ti invitar a una desconocida.

–Lo sé –Liam lo dijo con un tono seco, pero no le gustaba que Sam le dijera lo que ya sabía–. En cualquier caso, no creo que te hubiera gustado llevarla al pueblo anoche.

–Podrías haber llamado al taxi de McAllister. No tiene mucho trabajo.

–Pues no lo hice. Además, para tu información, no creo que tenga algún motivo oculto para estar aquí. Ni siquiera sabía quién era yo hasta que se lo dije.

–Eso crees.

–Eso lo sé.

–De acuerdo… Siempre recelo de los desconocidos con aspecto inocente que surgen de la nada. ¿Quién sería tan tonto de pensar que ibas a permitir que se rodara una película en Kilfoil?

–A lo mejor su hermana adolescente.

–Pero tú no te dedicas a la producción de películas.

–Ya se lo dije –afirmó Liam tranquilamente.

–Entonces, ¿por qué la trajiste aquí? ¿No pudiste convencerla de que decías la verdad y devolverla a su casa?

–Ella quería venir. Insistió en hablar con Liam Jameson.

–¿Eso fue cuando te hacías pasar por Luther Killian? –le preguntó Sam.

–Si quieres decirlo así, sí.

–Bueno –Sam resopló–, no sé en qué estabas pensando, Liam. No eres un adolescente, eres un escritor adulto de novelas de terror. Tendrías que habértelo imaginado.

–Vaya, me alegro de saber lo que piensas de mí. ¿Por qué no has dicho también que estoy cosido a cicatrices y soy un tullido?

Las arrugadas mejillas de Sam se habían enrojecido.

–Sabes muy bien lo que pienso de ti. No creo que haga falta que mida mis palabras –Sam hizo una pausa, pero siguió con indignación–. Si fueras de los que tontean con las chicas, sería distinto, pero no lo haces. No lo has hecho nunca. Ya sé que has tenido aventuras, pero nunca las has traído aquí. Desde Kayla…

–No sigas por ahí, Sam.

Liam se había encendido y Sam se arrugó ante el

reproche. Hacía años que Liam no se acordaba de Kayla Stevens, la mujer con la que había pensado casarse antes de la atroz agresión que estuvo a punto de matarlo.

Se conocieron en una fiesta que dio su editor cuando su primer libro fue el número uno de la lista de libros más vendidos. Kayla era una modelo que intentaba salir adelante y que el agente de Liam contrataba para dar cierta sofisticación a esas ocasiones. Parecía fuera de lugar y demasiado inocente para tener que ganarse la vida de aquella forma. Liam sintió lástima de ella, como la sintió de Rosa Chantry, pensó con el ceño fruncido por el recuerdo. Sin embargo, acabó dándose cuenta de que Kayla siempre actuó por interés. Fue a verlo algunas veces al hospital, pero la idea de atarse a un hombre lleno de cicatrices que podría quedarse impotente o paralizado y que, en cualquier caso, necesitaría mucho cuidado y comprensión para recuperarse, la disuadió. A los seis meses de devolverle el anillo, Kayla se casó con un jugador de polo sudamericano y muy rico.

Sam parecía abatido y Liam se compadeció.

—Mira, no tiene nada que ver con lo que hizo Kayla, ¿de acuerdo? Se trata de ayudar a alguien. Su madre no sabe dónde está su hija pequeña y está muy preocupada.

—¿Por qué no va a la policía?

—¿Para decirles que su hija se ha ido con un hombre y su novio está celoso? Sam, las jovencitas son impredecibles. Seguramente vuelva dentro de unos días y lo negará todo.

—Entonces, ¿por qué te has involucrado en este asunto?

–Yo también me lo he preguntado –reconoció Liam–. No lo sé. Supongo que porque apareció mi nombre. Según ella, su hermana es admiradora mía. Quizá me halagara. En cualquier caso, hoy se marcha.

Rosa se despertó con la luz del sol. Cuando se acostó, pasada la medianoche, estaba convencida de que no podría dormir aunque la luz de la luna la sosegara. Sin embargo, debía de estar más cansada de lo que se imaginaba, física y mentalmente. Si no, ¿por qué había aceptado la ayuda de aquel hombre? Se quedó desconcertada al enterarse de quién era y también se enfadó. No tenía derecho a mentirle sobre su identidad, por muy empeñado que estuviera en conservar el anonimato. Quizá le excusara un poco que también se quedó atónito al enterarse de que ella creía que había conocido a su hermana en un festival de música y le había ofrecido una prueba para una película. Pero ella no habría ido allí si él hubiera sido sincero desde el principio.

Se levantó de la cama y fue descalza hasta la ventana. El suelo estaba frío, pero le encantaba la vista del mar que rompía con fuerza contra las rocas. Lucía el sol, pero por el horizonte se acercaban unas nubes que amenazaban con lluvia, quizá para esa tarde, se dijo al pensar en dónde dormiría esa noche.

De repente olió a pan caliente y se dio cuenta de que sería tarde y de que la noche anterior no había comido casi nada. Se dio la vuelta y vio una bandeja encima de la cómoda. Evidentemente, alguien la había dejado allí. Fue hasta le mesilla para mirar su reloj de muñeca. Eran las nueve y media. Había dormido ocho horas.

Dudó entre lavarse y vestirse o investigar el contenido de la bandeja. Ganó la bandeja, la agarró y se sentó en el amplio alféizar de la ventana. Había café, leche, azúcar moreno y una cesta con bollos calientes. ¿Lo habría preparado Liam Jameson? Seguramente habría sido la señora Wilson, se dijo al acordarse de lo brusca que había estado con su anfitrión la noche anterior.

–¿Usted? –le había preguntado ella estúpidamente–. ¿Usted es Liam Jameson? –sacudió la cabeza–. No es posible.

–¿Por qué? –preguntó él lacónicamente y con indignación.

–Porque no se parece a sus fotos.

Rosa se acordó del joven con bigote y barba de chivo que había visto en la contraportada de uno de sus libros.

–Siento decepcionarle, pero soy Liam Jameson. La foto a la que creo que se refiere es de hace doce años.

–Entonces, debería haberla actualizado –espetó ella.

–Como ya le he dicho, soy bastante esquivo y prefiero que no me reconozcan.

–No es una excusa –Rosa intentaba no desinflarse–. Entonces, ¿Qué ha pasado con Sophie? ¿Sabe dónde está?

–Claro que no –el tono de desesperación fue evidente–. Si lo supiera, ¿no cree que se lo habría dicho?

–No sé qué pensar –Rosa se clavó las uñas en las palmas de las manos–. Me ha traído aquí con engaños…

–Espere un segundo –Liam no supo por qué le

afectaron tanto aquellas palabras, aunque fueran verdad–. ¿Me habría creído si le hubiera dicho quién soy? Acaba de acusarme de no parecerme a mi foto. Para que lo sepa, tuve lástima de usted. Era evidente que la habían mandado a un viaje inútil y dijera yo lo que dijese tendría que quedarse aquí tres días.

–No hacía falta que sintiera lástima de mí, señor Jameson –replicó ella.

–¿No? –Liam no pudo evitar el admirar su arrojo–. Entonces, si le hubiera dicho quién era, ¿habría reservado una habitación en un hostal y habría esperado hasta el jueves? ¿No habría recelado de que no le hubiera dicho la verdad?

–Bueno, le habría preguntado por Sophie. Debería haberme dicho quién era –repitió ella más abatida–. En cualquier caso, ¿quién es Luther Killian? ¿Trabaja para usted?

–En cierto sentido –contestó él con un leve gesto burlón que le encantó a Rosa, para su espanto–. Luther Killian es el protagonista de todas mis novelas. Lo cual demuestra que no ha leído nada mío.

–Ya le dije que las lee Sophie –Rosa sacudió la cabeza–. ¿Me toma por tonta?

–¿Por qué iba a pensarlo?

Él tuvo el valor de parecer indignado, pero Rosa no estaba dispuesta a ser comprensiva.

–Porque fui tan tonta de no sospechar nada. Incluso cuando se hizo evidente que usted sabía demasiadas cosas de él –Rosa tomó aire–. ¿Por qué lo hizo, señor Jameson?¿Porque estaba divirtiéndose? ¿Le divertía burlarse de mí?

–¿De dónde se ha sacado eso?

Rosa lo miraba espantada de lo que le había dicho cuando llamaron a la puerta. Por un instante,

Rosa temió que Liam no fuera a abrir la puerta, pero él se dio la vuelta y cruzó la habitación. Fue arrastrando la pierna, pero Rosa estaba demasiado desalentada para sentir lástima.

El ama de llaves entró con una bandeja con té y sándwiches.

–Le presento a la señora Wilson –dijo él con tono gélido–. Que le aproveche la merienda. Hablaremos más tarde.

Sin embargo, no hablaron. Cuando la señora Wilson volvió para recoger la bandeja, le comunicó que el señor Jameson estaba descansando. Le había pedido al ama de llaves que le preparara una habitación para que se aseara y todo lo demás.

Ella en ningún momento había pensado quedarse a dormir. Cuando se comió los sándwiches y se bebió el té, fue al piso de abajo con la esperanza de encontrarse con su anfitrión, pero se encontró con Sam y él le dijo que el señor Jameson estaba indispuesto y no podría hablar con ella esa tarde. Rosa, naturalmente, se culpó del estado de Jameson. Estaba convencida de que su comportamiento había contribuido a su malestar. Sin embargo, cuando le preguntó a Sam cómo podría volver al pueblo, él reconoció de mala gana que su jefe no quería que se fuera hasta que hubiera hablado con ella.

–El señor Jameson cree que a usted podría gustarle conocer los jardines del castillo –dijo con cierta tirantez–. Puedo acompañarla si lo desea. Si no, puede descansar en la biblioteca. Hay muchos libros y la señora Wilson puede llevarle lo que desee.

Rosa se decidió por el paseo, aunque sin la compañía de Sam. Consiguió convencerlo de que no se perdería y pasó una hora paseando por los jardines con la única compañía de los perros. De vuelta al castillo, se refugió en la biblioteca. Aunque no para leer. No quería tener pesadillas con aquellos libros.

Se sintió un poco inquieta cuando la señora Wilson le informó de que la cena se serviría a las siete en el comedor. No había pensado quedarse a cenar y tampoco se sorprendió mucho cuando bajó y se encontró que iba a cenar sola.

—El señor Jameson propone que se quede a dormir —le explicó la señora Wilson mucho más amablemente que Sam—. Dice que la verá por la mañana. ¿Está conforme?

Rosa supo que tendría que haber rechazado la oferta, que aceptar cualquier cosa de Liam Jameson era debérselo, y eso era algo que ella no quería hacer. Sin embargo, también supo que le debía una disculpa y aceptó contra todo sentido común.

Suspiró. Hubiese querido o no, había aceptado su hospitalidad, y en algún momento tendría que disculparse y marcharse. Entonces, su resistencia a hacerlo ¿era por apuro o, como sospechaba, porque no quería irse? Se estremeció. Eso era un disparate. Liam Jameson no significaba nada para ella. Volvió a pensar si lo habría creído si él le hubiera dicho quién era desde el principio. Ella, en el transbordador, le dijo muy poco sobre el motivo que la llevaba a la isla y, después de desembarcar, tampoco recibió de buena gana su ayuda. Cuando ella confesó por qué estaba en la isla, él ya le había dejado entrever que sólo conocía a Liam Jameson. La situación no era la más propicia para las confesiones y ella tenía que reconocer que había estado demasiado ansiosa de llegar a su destino como para atender a razones. ¿Sería por eso, como él decía, por lo que le había ocultado su identidad? Realmente, tenía más sentido que la acusación de ella.

Rosa, que no quería seguir pensando en la escena de la biblioteca, terminó el café y un bollo y fue a ducharse. El cuarto de baño era tan elegante como el dormitorio y tenía unas ventanas completamente transparentes. La idea de que alguien pudiera verla hizo que se acercara a una ventana, pero estaba en el segundo piso del castillo y nadie podría verla. Rosa se quitó la camiseta de hombre que había llevado para dormir y se vio reflejada en las paredes de espejo. Pensó con tristeza que unas piernas largas, unos pechos pequeños y un cuerpo huesudo no eran el ideal de belleza. Tenía una piel bonita y unos ojos oscuros, pero la boca era demasiado grande, la nariz muy larga y, en ese momento, tenía dos arrugas entre las cejas.

Se metió en la ducha. ¿Qué más le daba su aspecto? No iba a atraer a Liam Jameson. Él le había parecido impresionante cuando creía que era Luther Killian. En ese momento, que ya sabía quién era, no le sorprendió que Sophie se quedara prendada de él. ¡Sophie! Rosa sintió vergüenza. Estaba pensando en Liam Jameson cuando todavía no sabía nada de su hermana. Tendría que volver a llamar a su madre, que estaría nerviosa, aunque esperaba que también entendiera que no podía utilizar el teléfono de Liam Jameson cuando quisiera, sobre todo para llamadas a larga distancia.

Rosa salió de la ducha, se secó y volvió al dormitorio para vestirse.

Para su sorpresa e inquietud, la bandeja había

desaparecido. Cayó en la cuenta de que no había cerrado la puerta del cuarto de baño y esperó que no la hubieran visto, aunque le tranquilizó pensar que en cualquier caso habría sido la señora Wilson. Era imposible que Liam Jameson hubiera ido a recoger la bandeja. Además, si hubiera sido él, ¿qué más daba? Ella no era de las mujeres a las que un hombre mira a hurtadillas. Al contrario que Sophie, que tenía una melena lustrosa y un cuerpo con formas redondeadas. Afortunadamente, había un secador de pelo en el tocador del dormitorio, que estaba maravillosamente decorado con una mezcla de muebles antiguos y modernos. Tardó un rato en secarse la mata de pelo y más todavía en hacerse la trenza. Se puso unos vaqueros y un jersey de cuello alto azul marino que escondía cualquier rastro de feminidad, pero no le importó. Lo importante era parecer segura de sí misma, aunque no lo estuviera.

Bajó al comedor, que estaba al lado de la biblioteca, pero el comedor, con la paredes forradas de caoba y una mesa enorme, estaba vacío. Se acordó de que en la biblioteca había una mesa con un ordenador y pensó que quizá él escribiera allí los libros. Llamó a la puerta. Sin embargo, la habitación estaba misteriosamente silenciosa. ¿Por qué habría pensado en ese adverbio? No había notado ninguna presencia extraordinaria. Sencillamente estaba dando rienda suelta a su imaginación. Sólo había una forma de comprobarlo. Agarró el pomo de la puerta y empezó a girarlo, pero al instante notó que había alguien detrás de ella.

—¿Está buscándome? —le preguntó Liam con una voz cavernosa.

Rosa se quedó paralizada.

Capítulo 5

SÍ… –contestó con el pulso desbocado antes de volverse y verlo pegado a una pared–. ¿Lo ha hecho a propósito? –le preguntó indignada.

–¿El qué? –le preguntó él con un falso tono de inocencia.

–Asustarme. Sinceramente… casi me da un ataque al corazón.

–Lo siento.

Él, sin embargo, no parecía especialmente arrepentido y Rosa reculó instintivamente cuando él pasó junto a ella y abrió la puerta.

–Pase –le dijo él, que parecía no haberse dado cuenta de que su mano había rozado el pecho de ella al abrir la puerta.

El pecho se estremeció y Rosa se puso tensa, aunque él se mantuvo aparentemente impasible.

Liam, no obstante, no estaba impasible y se alegró de que ella entrara en la biblioteca. Aunque también se sintió molesto con ella y consigo mismo. Ella estaba comportándose como una virgen ultrajada y él había sentido una reacción que habría sido penosa incluso si fuera un adolescente. ¿Qué estaba pasándole? No le interesaban las solteronas reprimidas. Cuando necesitaba una mujer, le gustaba que supiera lo que hacía. Sin embargo, algo dentro de él le decía que sería interesante comprobar cómo reaccionaría ella si la abordaba. Hacía años que para él el sexo no era otra cosa que una necesidad esporádica y tenía motivos para que fuera así. Que Rosa Chantry lo intrigara no era motivo para que las cosas cambiaran. Ella se quedaría espantada, como le había pasado a Kayla cuando vio sus cicatrices. Sin embargo, sería tan maravilloso deshacerle esa trenza y notar esa melena sedosa entre sus dedos…

Volvió a blindarse contra semejante disparate. A pesar del deseo que sentía, estaba decidido a no darle más motivos para que lo acusara de alterarla. No quería más complicaciones, pero si esa trenza casi infantil y esa vestimenta masculina pretendían sofocar cualquier pensamiento de carácter sexual, estaban consiguiendo el efecto contrario. Liam cerró la puerta y se apoyó contra ella para intentar recuperar el control de sí mismo. Rosa, por su parte, había atravesado la habitación a toda velocidad para alejarse de él.

—Estaba… buscándolo –dijo ella cuando se sintió a salvo–. Quería darle las gracias.

—¿Darme las gracias? –le preguntó él con un tono de sincera perplejidad.

—Por permitir que me quedara anoche –le aclaró ella con cierto remilgo–. No tendría por qué haberlo hecho.

—¡Ah! –Liam sintió alivio al notar que remitía la tensión en los pantalones–. No fue nada. ¿Estuvo a gusto?

—Mucho, gracias.

—Perfecto –Liam avanzó hacia el centro de la habitación–. Siento que anoche tuviera que dejarla sola. Me quedé dormido y me desperté pasada la medianoche.

Rosa estuvo tentada de decirle que era muy normal dado los libros que escribía, pero todavía se sentía abrumada por su presencia y no era sensato dar pie a confianzas.

–No se preocupe. Su ama de llaves se ocupó de mí. He dormido muy bien.

–¿No tuvo miedo? Podría haberme convertido en un vampiro y… atacarla –Liam no pudo evitar la tentación de tomarle el pelo.

–Un poco –contestó ella para sorpresa de Liam–, pero estoy segura de que los vampiros no montan en barco y conducen coches a plena luz del día.

–Luther Killian lo hace.

–Luther Killian no existe –Rosa lo miró de una forma anticuada–. Sólo existe en su imaginación.

–¿Eso cree?

–No estará diciéndome que cree en los vampiros, señor Jameson.

–Claro que sí. Hay pruebas de haberlos visto tanto aquí como en Europa oriental. Además, si fuera a Nueva Orleans…

–Algo que no creo que haga –replicó ella secamente al darse cuenta de que estaba distrayéndola de su objetivo, que era preguntarle si podía llamar por teléfono–. No sé nada de esos asuntos, señor Jameson, pero me imagino que son una buena publicidad para sus libros.

–¿Cree que sólo es eso? –le preguntó él con tono airado.

–No lo sé. No sé nada de vampiros.

–Sabe que, normalmente, no salen a la luz del día…

–Eso lo sabe todo el mundo. Excepto Luther Killian, parece ser…

–Ya, pero Luther sólo es sobrehumano en parte. Su madre era bruja antes de conocer al padre de Luther.

–Y él la transformó, supongo… –Rosa no pudo evitar una sonrisa.

–Los vampiros siempre transforman a sus víctimas –confirmó Liam mientras se acercaba más a ella–. ¿Quiere que le demuestre cómo lo hacen?

–Ya sé cómo lo hacen, señor Jameson –Rosa retrocedió sin saber si él hablaba en serio o estaba burlándose de ella–. Por favor… –Rosa alargó una mano–. No soy un personaje de sus novelas.

–Efectivamente.

Liam se dio cuenta de que estaba a punto de convertir esa relación en lo que no era. Se volvió hacia la mesa y pudo oír al resoplido de alivio de Rosa.

–Evidentemente, no se lo cree –siguió él.

Rosa suspiró. No quería ofenderlo.

–¿Qué no me creo?

Liam apoyó las caderas en la tapa de granito de la mesa.

–Lo sobrenatural. ¿Cómo lo llamó? Fantasmas y hombres lobos. Nosotros los llamamos licántropos.

–¿Usted sí lo cree?

–Claro. Cualquiera que se haya encontrado con el mal en estado puro tiene que creer.

–¿Está diciéndome que se ha encontrado con el mal en estado puro?

Liam creyó que había contestado afirmativamente, pero la mirada expectante de Rosa le confirmaba que, afortunadamente, no había dicho nada.

–Creo que todos nos topamos con el mal de una forma u otra –Liam no quería hablar de eso con ella–. Luther lo ha hecho, desde luego.

–¡Luther! –exclamó ella despectivamente–. Sólo es un personaje de sus novelas.

–El protagonista –le corrigió él–. Es lo que usted llamaría un antihéroe. Mata, pero siempre lo hace con buena intención.

–¿Eso no es una contradicción? ¿Cómo puede alguien, o lo que sea, que se dedica a matar ser bueno?

Liam se encogió de hombros y, al hacerlo, Rosa entrevió algo nacarado en su cuello. Le pareció una cicatriz y se le secó la boca. Pensó que podría habérsela hecho la mordedura de alguien o algo.

–Supongo que depende de tu definición del bien y del mal. ¿Acaso sobrevivir al mundo de los verdaderamente perversos no merece respeto?

–¿De eso tratan sus libros? –Rosa intentó recuperar la objetividad–. ¿Es un… cazavampiros que intenta conseguir que el mundo sea un sitio mejor?

–Al menos, un sitio más seguro. No lo desdeñe. Nunca se sabe qué harás si te encuentras con el mal en estado puro.

–¿Usted lo sabe? –Rosa lo dijo con cierto escepticismo y Liam tuvo que morderse la lengua para no decirle lo que le había pasado–. Vamos, señor Jameson, los dos sabemos que lleva una vida de ensueño.

Liam apretó los puños para no abrirse le camisa y mostrarle el tipo de mal con el que se había topado.

–Es posible, pero no siempre he vivido en Escocia, señorita Chantry.

–Lo sé –ella se había tranquilizado un poco–. Me he informado de usted en internet. ¿No trabajaba en la Bolsa o algo parecido?

–En realidad, era un banco financiero.

–Eso –Rosa se encogió de hombros y se alegró de volver al mundo real–. Me imagino que tendría un buen sueldo. Luego, ganó mucho dinero con su primer libro y se compró el castillo. ¿Le parece que fue muy arduo?

–Si es lo que quiere pensar… –Liam se levantó y revolvió los papeles que tenía en la mesa–. Eso me recuerda que tengo trabajo.

–Mire –Rosa se sintió un poco abochornada–, reconozco que en realidad no sé nada de usted y si dice que sabe lo que es enfrentarse al verdadero mal, le creo, pero…

–Pero no me cree –Liam volvió a darse la vuelta y Rosa notó que estaban muy cerca–. Está intentando agradarme, señorita Chantry, y no necesito su apoyo.

–Sólo quería ser considerada. No tengo la culpa de que sea susceptible por la veracidad de sus libros.

–Susceptible por la veracidad… –Liam la miró con enojo–. No sabe de lo que está hablando. Digamos que tengo alguna idea de primera mano sobre el mal, pero prefiero no hablar de eso, ¿de acuerdo?

–No lo sabía –Rosa se encogió de hombros.

–¿Por qué iba a saberlo? –a Liam tampoco le gustaba la mirada de compasión de Rosa–. Olvídelo. Yo lo he olvidado.

–No quería insinuar que sus libros no fueran creíbles –insistió ella mientras posaba una mano en la manga de él–. Si le he ofendido, lo siento.

Liam resopló. Llevaba un jersey de algodón, pero podía notar el contacto de sus dedos en la piel y los músculos del brazo se pusieron en tensión.

–No tiene importancia –replicó él ásperamente.

Liam intentaba no fijarse en el aroma femenino de su piel, pero levantó la mirada, se encontró con los ojos marrones e intranquilos de ella y se sintió como si se ahogara en ellos. Sin saber lo que hacía, levantó la mano y le pasó el pulgar por los labios separados. Se le humedeció y sin pensarlo, se llevó el pulgar a sus labios. Rosa estaba casi paralizada. Nunca se habría imaginado que un inocente intento de consolarlo pudiera acabar siendo tan estremecedor. Todo el cuerpo le temblaba y él la abrumaba como no lo había hecho nadie. Quizá él sólo estuviera tomándole el pelo. Él le había impresionado desde el principio. Rosa sacó ligeramente la lengua para humedecerse los labios, no para apreciar cualquier rastro del sabor de él. Sin embargo, lo captó. Oyó que él tomaba aliento y se preguntó qué estaría pensando. No había previsto que pasara aquello, pero sí sabía que Colin nunca había conseguido que se sintiera de aquella manera.

–No debería haberlo hecho, lo siento –se disculpó él secamente.

–No… importa –balbució ella mientras miraba al teléfono–. Me preguntaba si…

–Sí importa –le interrumpió él–. Pensará que estoy desesperado por conseguir una mujer.

Liam comprobó que sus palabras la afectaban y se dio cuenta de que podría haberlas interpretado de dos formas. Ella se volvió hacia él.

–No creo que lo esté –Rosa se cruzó los brazos. Al hacerlo sus pechos se levantaron de una forma bastante provocativa–. Yo tampoco estoy desesperada por conseguir un hombre.

Liam contuvo un gruñido. Ella no se había dado cuenta de que no pretendía ofenderla y tendría que deshacer el malentendido. Le bastó mirarla para darse cuenta de que iba a ser difícil.

–No pretendía insultarla –Liam la miró persuasivamente–. Al contrario. No quería que pensara que buscaba algún tipo de compensación por mi hospitalidad, eso es todo.

–Los dos sabemos lo que quería decir, señor Jameson –Rosa lo miró con recelo–. No soy tonta. No hace falta que me diga que no soy el tipo de mujer que le parece atractiva.

A pesar de que algo le decía que no siguiera por ese camino, a Liam le dolió el desprecio que captó en ella. ¿Por qué se permitía hacer juicios de él? No lo conocía. Aun así, ella insinuaba que era un animal que sólo pensaba con el sexo.

–Tenga cuidado, señorita Chantry –replicó él–. Empiezo a pensar que se arrepiente de que me detuviera.

–¿Cómo se atreve?

Rosa jamás había estado tan furiosa. Cerró un puño y, sin pensárselo dos veces, lo estrelló contra el estómago de él. Tuvo la sensación de que se había hecho más daño que el que le había hecho a él, pero le dio igual. Él no tenía derecho a ridiculizarla cuando, durante un segundo maravilloso, había hecho que se sintiera en la gloria.

–Debería dominar su ira, señorita Chantry. ¿Qué le pasa? ¿Qué he dicho?

–Sabe muy bien lo que ha dicho, señor Jameson –Rosa estaba temblando.

–¿Sí? –él también estaba alterado–. ¿Acaso no es verdad?

Rosa lo miró sin entender que él la hubiera atraído en algún momento.

–Tiene un opinión muy elevada de sí mismo –replicó ella con tono gélido–. Si en algún momento le he permitido ciertas libertades fue porque sentía lastima de usted. No creo que sea muy divertido vivir aquí con la única compañía femenina de sus empleadas.

Liam se sintió dominado por la ira. Ella, sin saberlo, pero cruelmente, le había recordado la traición de Kayla. Le agarró las muñecas y le puso las manos detrás de la espalda.

–Está muy amargada, ¿verdad, señorita Chantry? No me extraña que no se haya casado. Ningún hombre aguantaría a una víbora rencorosa como usted.

Rosa tragó saliva y quiso defenderse, pero se encontraba atrapada en un abrazo arrebatador. Intentó soltarse, pero se sintió indefensa ante al aliento ardiente de él y su muslo entre las piernas. Los dos respiraban entrecortadamente y durante unos segundos libraron una batalla silenciosa. Sin embargo, Rosa se dio cuenta de que no era una batalla. Estaba a su merced. Aunque él parecía no apreciar su suerte. Al contrario, cuando lo miró a los ojos, vio que rebosaban una mezcla de perplejidad y arrepentimiento.

–Maldita sea –dijo él ásperamente–. Esto no debería haber pasado.

–Entonces, suélteme –replicó ella casi sin aliento.

Rosa no se sentía inmune a aquellos ojos verdes y podía ver perfectamente la cicatriz nacarada que había vislumbrado antes. Se estremeció. ¿Cómo se la habría hecho?

–Debería hacerlo –él la miró a la boca con una intensidad casi física–. Sin embargo, ¿sabe una cosa? –él se estrechó contra ella y Rosa notó su erección–. No quiero. ¿No le parece censurable?

Liam notó un vacío en el estómago al comprobar la reacción de ella a su reconocimiento. ¿Sabría ella la oleada de pasión y anhelo que lo dominaba? ¿Sabría que lo que había empezado como una forma castigarla se había transformado en una necesidad disparatada de mostrarle lo que estaba perdiéndose? Liam notaba que ella se estremecía, aunque intentaba separarse de él, y que los pechos presionaban contra el jersey de lana.

–Por favor… –le pidió Rosa.

Liam lo oyó como algo lejano. Le tomó las muñecas con una mano y le pasó los nudillos de la otra por uno de los pezones endurecidos. Rosa volvió a estremecerse y él sintió un placer abrasador en el vientre. Ella respondía y Liam se preguntó cuánto tiempo haría que no estaba con un hombre, si había estado con alguno, añadió para sus adentros aunque tampoco creía que fuera virgen. Sin embargo, le habría gustado conocerla en otras circunstancias, no haberse granjeado su enemistad por su comentario sobre su soltería. Por mucho que quisiera negarlo, ella le gustaba. No era guapa, evidentemente, pero tenía un encanto decadente que atraía a su parte romántica. Además, podía imaginarse claramente esa melena sobre la almohada.

Rosa empezaba a notar que las piernas no iban a sostenerla mucho tiempo más. Liam le había tomado el pecho en la mano y tenía el pezón contra la

palma. Se sintió aturdida, pero también pensó que
se sentiría más aturdida si estuviera desnuda con él.
Sintió la humedad entre las piernas y eso la descon-
certó. ¿Qué estaba pasándole? Siempre había sabido, incluso cuando Colin le hacía el amor apasiona-
damente, que una parte de ella se mantenía al
margen y observaba todo con cierta objetividad. Sin
embargo, no podía ser objetiva con Liam. Cuando
él la miraba como la miraba en ese momento, no
podía pensar claramente. Se sentía débil, poseída,
dominada por deseos que casi no sabía que existían.
Liam bajó la cabeza hacia ella y Rosa separó los labios. Sin embargo, la boca de él le recorrió el cuello
y su mentón le raspó la mejilla, pero no la besó en
la boca. Ella, con desaliento, notó que la soltaba.
Rosa intentó recuperar el equilibrio y él le dio la espalda para apoyarse en la mesa.

Capítulo 6

LIAM, por su lado, deseó no haber comprendido que tenía que alejarse de ella. No le había sido fácil soltarla y su cuerpo no había asimilado lo que le pedía la cabeza. Se recordó que, aparte de que casi no la conocía, tampoco quería exponerse de nuevo a hacer el ridículo. Aunque cuando la había tenido entre sus brazos, cuando había aspirado su aroma, cuando había notado el delgado cuerpo de ella cimbreándose contra él, le había parecido fácil engañarse y creer que aquello podría salir bien. Todas sus hormonas habían reaccionado a ella y había anhelado entrar en ella para comprobar si estaba tan prieta como él imaginaba. Lo cual, se dijo, era un disparate. ¿Quería que ella saliera de allí y le contara a todos sus amigos que él era un monstruo incapaz de tener la bragueta cerrada? La prensa sensacionalista disfrutaría muchísimo.

Al final, después de comprobar que no tenía ningún bulto comprometedor en los pantalones, tuvo que darse la vuelta. La respiración levemente entrecortada de ella le recordó que estaba allí y que se merecía una explicación. Estaba ligeramente sonrojada y eso le daba una belleza inesperada, pero Rosa hacía todo lo posible por comportarse como si él no hubiera sido un perfecto majadero.

Ella se preparó. Si él pensaba culparla de lo que había pasado, ya tenía preparada la respuesta. Ella no le había pedido que la acariciara y él tampoco tenía el derecho de tratarla con tan poco respeto. Afortunadamente, él seguía pensando que ella no había estado casada. ¿Qué habría hecho él si hubiera sabido la verdad?

Si tuviera alguna forma de salir de allí... Si tuviera un coche o pudiera utilizar el teléfono, no tendría que estar allí como una tonta mientras esperaba a que él se acordara de que tenía una invitada. Sin embargo dependía de él para usar el teléfono, tanto para llamar a un taxi como para llamar a su madre. Le molestaba tener que agradecerle algo después de lo que había pasado.

Liam suspiró. Aquella situación era nueva para él y no le gustaba. Cuando necesitaba una mujer, buscaba alguna que supiera lo que estaba haciendo y nunca la llevaba allí.

—Ya sé que no va a creerme, pero nunca hago estas cosas...

—Efectivamente —le interrumpió Rosa—. No le creo, señor Jameson. Seré una ingenua, pero no puede decirme que nunca se ha aprovechado de una mujer.

—¡Maldita sea! No me he aprovechado de usted. De haberlo hecho, usted lo sabría, pero no lo sabe —él hizo una pausa—. Además, llámame Liam. No sabes lo ridículo que es que me llames señor Jameson después de lo que ha pasado. Tú serás virgen, pero yo, no.

—Claro, ya me imagino que todo lo mío le parece ridículo —replicó Rosa con indignación—, pero para su información, te diré que he estado casada. Me divorcié hace tres años.

–¿Has estado casada? –le preguntó él sin salir de su asombro.

–Durante cinco años –contestó ella, feliz de poder impresionarlo.

–No pareces tan mayor…

–Tengo treinta y dos años. Suficientemente mayor.

Liam estaba atónito. Habría dicho que no tenía más de veinticinco años, pero lo que más le molestaba era que esa noticia le afectara tanto. Si él hubiera sabido que era tan mayor y que había estado casada… No podía seguir por ese camino. Ya tenía bastante con haber hecho el ridículo y haber creado una situación tan violenta.

–Mira, vamos a reconocer que los dos nos hemos equivocado. Yo no debería haberte agarrado y tú no deberías haberme enfurecido tanto, que me he olvidado de lo que estaba haciendo.

Rosa quiso decirle que, si él hubiera sido sincero desde el principio, nada de todo aquello habría pasado, pero se calló al reconocer que ella tampoco se había resistido mucho.

–Entonces, ¿podría utilizar el teléfono?

Liam estuvo a punto de soltar una carcajada. No se lo había esperado. Era como si, durante la última media hora, hubieran estado hablando del tiempo. Sin embargo, algo le dijo que no era el momento apropiado de reírse.

–Claro –contestó él mientras se encogía de hombros.

–Gracias –Rosa esperó haber parecido sincera–. Sólo quiero volver a llamar a mi madre.

–¿Y decirle que tu hermana no está aquí?

–Sí.

–Muy bien –Liam le señaló el teléfono con la cabeza.

Rosa dudó un instante y se sintió algo incómoda.

–Mmm… ¿podría aprovechar para pedir un taxi?. ¿Cómo se llama ese hombre?

–¿McAllister?

Rosa asintió con la cabeza.

–No hace falta –Liam fue hacia la puerta e intentó disimular el dolor que sentía en la pierna–. Sam irá al pueblo a última hora de la mañana. Puedes ir con él.

Rosa no estaba segura de que le apeteciera hacerlo. Sam no la había recibido muy bien.

–Si no te importa, llamaré a McAllister –murmuró ella–. No quiero molestar a nadie.

Liam se detuvo y se volvió hacia ella con el ceño fruncido.

–¿Qué te ha dicho Sam?

–Nada. Sencillamente… preferiría organizarme por mi cuenta.

–¿No quieres ningún consejo sobre dónde alojarte? –le preguntó él pensativamente.

–Bueno, sí –Rosa no había caído en la cuenta–. Eso me vendría bien.

–De acuerdo –Liam agarró el pomo de la puerta–. Le diré a Sam que te dé una dirección. Tómate el tiempo que quieras. No hay prisa –Liam abrió al puerta e intentó no arrastrar la pierna..

–Pero…

–¿Sí?

Liam se lo preguntó bruscamente y Rosa, que había pensado preguntarle si le dolía la pierna, cambió de idea.

–No me has dado el teléfono de McAllister.

–No me lo sé de memoria –replicó Liam con el ceño fruncido–. Le diré a Sam que también te lo dé cuando hayas llamado a tu madre.

¿No se preguntaría Sam por qué rechazaba ella ir al pueblo con él?

–De acuerdo– dijo Rosa–. Gracias.

–De nada –Liam estaba deseando acabar con todo aquel embrollo–. Que tengas un buen viaje de vuelta.

–Ah… –Rosa volvió a detenerlo–. ¿No… volveré a verte antes de marcharme?

Fue una pregunta gratuita, ya que él acababa de desearle un buen viaje, pero a ella, al darse cuenta de que había llegado el momento, le costaba despedirse de él.

Liam suspiró y se apoyó en la puerta.

–No iras a decirme que sientes marcharte, ¿verdad? –le preguntó él inexpresivamente–. Porque, sinceramente, me cuesta creerlo.

Rosa se puso a la defensiva ante su mirada burlona.

–Pensé que te gustaría volver a verme –respondió ella para su sorpresa.

Liam tomó aire. ¿Cómo podía responder a aquello?

–Mucho –reconoció él–. Eres una buena distracción –añadió al ver la expresión de ella.

–Entiendo –ella lo miró con cierto desdén–. Quieres decir que ya te he hecho perder bastante tiempo.

–Yo no he dicho eso –Liam se encogió de hombros.

–No hace falta que lo digas –Rosa descolgó el teléfono–. Espero que se te cure pronto la pierna.

Liam parpadeó, pero ella no lo miraba. Estuvo tentado de preguntarle qué sabía de sus heridas, pero no abrió la boca y se marchó. Rosa dejó escapar un suspiro de alivio. Cuanto antes se fuera de allí, mejor. Pese a lo que ella había pensado antes, él era un peligro para su tranquilidad de espíritu.

Su madre contestó y Rosa captó la ansiedad en su voz.

—¿Sophie? —preguntó su madre—. Cariño, estaba esperando que volvieras a llamar.

¿Que volviera a llamar? Rosa se quedó atónita.

—¿Quieres decir que has hablado con ella?

Se hizo un silencio.

—Rosa… ¿eres tú?

—¿Quién si no? ¿Qué está pasando, mamá? ¿Debo entender que has hablado con Sophie?

—Bueno, sí —su madre suspiró—. Ella llamó anoche. No puedes imaginarte cuánto me tranquilizó.

Rosa podía imaginárselo. Sophie podía hacer cualquier cosa y su madre la perdonaría. Incluso si, como en ese caso, había contado un montón de mentiras.

—¿Dónde está? —le preguntó Rosa intentando mantener la paciencia—. ¿Te lo ha dicho?

—Claro —la señora Chantry puso tono de indignación—. Está en Escocia, como había dicho. Está pasándoselo muy bien. Todo el mundo ha sido muy amable con ella e incluso tiene la posibilidad de participar en la película. ¿No te parece increíble?

—Efectivamente, increíble —respondió Rosa irónicamente mientras se preguntaba si su madre perdía la cabeza cuando se trataba de Sophie.

—Tendría que haber supuesto que dirías algo así —su madre parecía furiosa—. La tomas conmigo porque ella no está en la isla, como tú esperabas. Escocia es muy extensa y es normal que una película así se ruede en un sitio más grande.

—Yo no tuve la idea de venir a la isla. Fue idea tuya, no mía. ¿Le has dicho a Sophie dónde estoy?

—No exactamente.

—Quieres decir que no se lo has dicho —Rosa apretó los dientes—. ¿Dónde está ella?

—Ya te lo he dicho, está en Escocia.

—¿En que sitio de Escocia?

—Mmm… —se hizo un breve silencio—. No estoy muy segura.

—Pero has dicho que has hablado con ella.

—Es verdad —su madre suspiró—, pero ya sabes cómo es Sophie. Estaba tan ansiosa de contarme todas las cosas que le habían pasado, que se olvidó de decirme dónde estaba.

—Claro.

—No seas así, Rosa. ¿No puedes enterarte de dónde está?

—¿Cómo podría hacerlo?

—Bueno, me dijiste que Liam Jameson está allí, ¿no? Él lo sabrá.

—Mamá… —estaba empezando a perder la paciencia—. No hay ninguna película y, si la hay, Liam Jameson no sabe nada del asunto.

—¿Se lo has preguntado?

—Yo… eh…

Rosa cayó en la cuenta de que no había hablado de eso con él. Cuando se enteró de que Sophie no estaba en la isla y de que no había ningún equipo de una película allí, no se le ocurrió preguntarle si había dado permiso para que rodaran una película en otro lado. Sin embargo, ¿no se lo habría dicho él?

Aunque él no le dijo quién era hasta que no tuvo más remedio.

—Has hablado con él, ¿vedad? —le preguntó su madre al ver que ella no decía nada.

¿Hablar? Rosa contuvo un sollozo. Efectivamente, había hablado con él, pero eso era poco decir para lo que había pasado entre ellos.

—Sí —contestó Rosa con un tono algo ronco—. He hablado con él. Estuvo muy… amable.

—¿Insiste en que nunca ha conocido a Sophie? —la señora Chantry parecía alterada y Rosa deseó no haber sido tan brusca—. Ojalá se hubiera llevado el móvil a Glastonbury, pero Mark iba a llevar el suyo y yo tuve miedo de que ella lo perdiera.

—Creo… que el señor Jameson no la ha visto —murmuró Rosa, que temía que su madre volviera a preocuparse—, pero volveré a preguntárselo.

—Eres un encanto, Rosa —su hija se había suavizado y ella estaba dispuesta a ser generosa—. Sabía que podía confiar en ti. No te olvides de preguntarle dónde están rodando la película.

Rosa colgó con una sensación de desconcierto absoluto. Hablar con su madre era como darse de cabezazos contra una pared. Sólo oía lo que quería oír y, como ella había aceptado volver a hablar con Liam Jameson, estaba dispuesta a esperar a ver qué pasaba. Aunque si Sophie no hubiera desaparecido, ella no habría conocido a Liam Jameson. Además, aunque luego se arrepintiera, la idea de volver a verlo hacía que el corazón le latiera con tanta fuerza, que parecía que iba a salírsele del pecho. Sin embargo, ¿adónde se habría ido él? Abrió la puerta y dio un paso atrás ante la sorpresa de encontrarse con Sam. ¿Habría estado oyendo su conversación? Algo le dijo que aquel escocés fornido no estaba interesado en lo que ella pudiera decir.

—McAllister está viniendo del pueblo. Llegará como dentro de media hora. ¿Quiere que le baje la bolsa? –le preguntó Sam.

—No… –Rosa se quedó estupefacta, pero debería haberse imaginado que Sam se desharía de ella lo antes posible–. No hace falta. En realidad, quería hablar de una cosa con el señor Jameson antes de marcharme.

—Me temo que eso es imposible, señorita Chantry. El señor Jameson está trabajando y, si lo molestara, me costaría el puesto.

Ella no se lo creyó. Aquellos dos hombres tenían una buena relación laboral y era muy improbable que Liam Jameson la hubiera estropeado al amenazar con despedir a Sam si lo molestaban.

—Sólo será un minuto –insistió ella–. Quiero preguntarle una cosa.

—Lo siento.

Sam no cedía y Rosa lo miró con impotencia. Si ella supiera dónde estaba su despacho… Evidentemente, no trabajaba en la biblioteca como pensó al principio, pero en un castillo de ese tamaño podría estar en cualquier lado.

—Dígame qué quiere preguntarle y yo le haré llegar el mensaje cuando haya terminado de trabajar –le propuso Sam.

—Es algo personal –replicó ella mirándolo fijamente a los ojos–. Podría darme su número de teléfono. Le llamaré más tarde.

—No puedo, señorita Chantry.

—¿Por qué?

–El señor Jameson no da su número privado a nadie.

–Entonces, deme el suyo –farfulló Rosa–. Le diré dónde me alojo y el señor Jameson podrá llamarme.

Pareció como si Sam fuera a negarse, pero debió de darse cuenta de que eso habría parecido demasiado obstinado. Además, tampoco sabía ciertamente si Liam no habría hablado con ella si él se lo hubiera preguntado.

–El señor Jameson sabe dónde va a alojarse, señorita Chantry –replicó Sam para pasmo de Rosa–. Me ha pedido que le dé esta dirección –añadió Sam mientras entregaba un papel a Rosa.

–Ah. Gracias –Rosa agarró el papel–. ¿El señor McAllister sabe dónde está este sitio?

–Todo el mundo sabe dónde está el hostal de Katie Ferguson –contestó burlonamente Sam–. Esto no es Londres, señorita Chantry.

–No vivo en Londres. Vivo en una ciudad pequeña de Yorkshire, señor Devlin.

–Lo siento –Rosa estaba segura de que no era verdad–. Yo di por supuesto…

–No debería dar nada por supuesto –Rosa disfrutó al verlo a la defensiva por una vez–. Gracias.

Sam hizo un gesto con la cabeza.

–Le avisaré cuando haya llegado el coche.

–Gracias –repitió Rosa.

Sam cerró la puerta.

Capítulo 7

YA se ha ido?

Era última hora de la mañana y Liam salió de su despacho, donde había pasado un par de horas intentando infructuosamente concentrarse en unos personajes que le parecían tan poco convincentes como unos recortables. Se encontró con Sam y la señora Wilson, que estaban tomando un café en la cocina y aceptó tomar también una taza.

No estaba de muy buen humor y no le mejoró cuando Sam contestó alegremente.

–Sí, ya se ha ido, Liam. Aunque quiso hablar contigo antes de irse –Sam miró a su jefe con complicidad–. Le dije que estabas trabajando y que no podía molestarte, aunque me parece que no se quedó contenta.

Liam frunció el ceño. Acababa de quemarse con el café y encima Sam le contaba eso.

–¿Qué hiciste? –le preguntó con acritud–. ¿Le dijiste eso?

–Claro, no te gusta que te molesten cuando estás trabajando. No me dirás que esperabas que fuera a tu despacho a molestarte sólo porque una chica con más humos que sustancia quería verte…

–¿Cómo has dicho?

Liam frunció más el ceño y la señora Wilson se

fue al jardín mientras murmuraba algo sobre la huerta. Sam, por su lado, miró combativamente a su jefe y se puso rojo.

–Ya has oído lo que he dicho –respondió desafiantemente.

–¿Y quién te ha nombrado mi guardián? –Liam tampoco estaba dispuesto a ceder–. Ya sé que no te gustó que la trajera, lo dejaste muy claro, pero es mi casa, no la tuya.

Sam se puso muy recto.

–Creía que estaba haciéndote un favor –Sam levantó una mano a modo de disculpa–, pero ya veo que me equivoqué. Lo siento. No volverá a ocurrir.

Sam se dio la vuelta y dejó la taza en el fregadero, pero cuando fue a marcharse, Liam se interpuso en su camino.

–No, yo sí que lo siento –se disculpó Liam secamente–. Olvida lo que he dicho. No es culpa tuya, estoy de un humor de perros.

Sam vaciló, seguía molesto y Liam se maldijo por haberle molestado. Sam tenía razón. Seguramente se habría quejado si Sam lo hubiera interrumpido. Estaba permitiendo que una mujer, a la que probablemente no volvería a ver, estropeara una relación muy sólida con su hombre de confianza y eso no tenía sentido.

–De verdad –Liam alargó la mano–. No me hagas caso. He tenido una mañana estéril y estoy dispuesto a pagarlo con cualquiera.

Sam apretó la mandíbula, pero estrechó la mano de Liam.

–La culpa es de esa chica –afirmó Sam con firmeza.

–Bueno, ya se ha ido –replicó Liam sin querer comprometerse–. Supongo que vino McAllister.

–Sí. Vino con ese trasto que llama coche –confirmó Sam, que estaba más calmado.

–Espero que hayan llegado.

Liam se acordó de lo que había hablado con Rosa sobre los peligros del páramo y sólo de imaginársela metiéndose en una de esas ciénagas hizo que frunciera los labios. Sin embargo, no quiso comentarlo con Sam y se terminó el café.

–Hasta luego. Voy a sacar a los perros –le dijo Liam a su empleado.

–¿Te acompaño? –Sam miró con preocupación la pierna de su jefe–. No querrás que te de una convulsión de ésas cuando estás en el acantilado.

Liam disimuló la impaciencia por la preocupación de Sam.

–El fisioterapeuta dice que tengo que hacer mucho ejercicio. Dice que seguramente sigo sin curarme porque paso demasiado tiempo sentado en mi despacho.

–Aun así…

–No me pasará nada –le tranquilizó Liam con tirantez–, pero gracias por tu oferta.

Liam se abrigó, fue a buscar a los perros y salió al aire libre con sensación de alivio. Los perros parecían igual de contentos por salir del confinamiento del castillo. Liam no tenía intención de ir muy lejos. El horizonte estaba nublándose y, si no se equivocaba, llovería antes de anochecer. Aun así, llegó hasta el acantilado. El viento soplaba del mar y lamentó no haberse puesto algo más abrigado. Podía mover bastante bien la pierna, pero decidió no bajar los escalones que llevaban a la ensenada. Luego tendría que subirlos y eso ya le pareció excesivo.

Estaba pensando en volver cuando Harley, el

más joven de los perros de caza, salió persiguiendo a un conejo que huyó hacia el barranco que bajaba hacia la playa. Los otros perros lo siguieron y Liam les gritó, pero pronto se dio cuenta de que estaba perdiendo el tiempo. Los perros no volverían hasta que hubieran atrapado al conejo y, encima, en ese momento, cayeron las primeras gotas de lluvia. Soltó un juramento y se acercó cojeando al borde del acantilado. Desde allí podía ver perfectamente a los perros. Para los perros era más fácil bajar por el barranco que por los escalones y aunque no había ni rastro del conejo, los perros estaban disfrutando como locos en la playa. Soltó otro juramento y volvió a intentar que volvieran, pero los animales no le hacían caso. Se acordó de su arrogancia al decir que no necesitaba la ayuda de Sam. Sería quince años mayor que él, pero Sam habría ido detrás de los perros sin pensárselo dos veces y, salvo que quisiera volver con el rabo entre las piernas, él, Liam, tendría que hacer lo mismo.

Bajar no le costó mucho, aunque la lluvia empezaba a arreciar, y llegó a la arena húmeda. Los perros fueron hasta él entre saltos y ladridos.

—A casa —les ordenó severamente.

El tono dio resultado, aunque quizá fuera el chaparrón y hasta los perros prefirieran no mojarse. Fuera por el motivo que fuese, los tres animales obedecieron y enfilaron los escalones por delante de él. Sin embargo, a Liam le costó seguirlos. Los escalones estaban resbaladizos y tenía que agarrarse a las hierbas más altas para no caerse. Le dolía la pierna y a mitad de camino tuvo que pararse para que se le pasaran las convulsiones del muslo. Pensó que debería haberse tragado el orgullo y haber vuelto al castillo en busca de ayuda. Tenía la sensación de que estaba tirando por tierra todo lo que había conseguido con el tratamiento de Londres.

Cuando llegó a lo alto del acantilado, los perros habían desaparecido. Esperó que hubieran vuelto al castillo, pero si no, peor para ellos. No iba a buscarlos. Se alegró de que Rosa Chantry se hubiera ido, le habría espantado que lo viera en ese estado.

Llovió todo el miércoles y Rosa, que estaba encerrada en el hostal de Katie Ferguson, miraba la lluvia con desesperación. Sentía impotencia. ¿Dónde estaría Sophie? La inactividad la dejaba a merced de sus temores. Era verdad que Sophie había dicho que estaba bien y ella tenía que aceptarlo, pero había algo en toda la situación que no cuadraba. Aun así, ella no podía hacer nada hasta que el transbordador llegara a la mañana siguiente. El hostal era acogedor. La habitación era pequeña, pero agradable, aunque no había otros huéspedes con los que pasar el tiempo. Miró la mesilla y vio las dos novelas que había comprado en la tienda del pueblo. Una era una historia de amor con ambiente histórico que podría distraerla. La otra era de Liam Jameson. La tendera, una escocesa bastante parlanchina, se había deshecho en elogios sobre la calidad de la escritura de Liam. Le contó que ella había leído todo lo que había escrito aunque no era muy aficionada a ese tipo de literatura.

—Pero sus personajes son fantásticos, ¿verdad? —comentó la tendera con entusiasmo—. ¡Luther Killian! No sabía que los vampiros pudieran ser tan fascinantes.

Naturalmente, Rosa tuvo que reconocer que no había leído ninguno de los libros de Liam y entonces se enteró de la explicación que había dado Sam para su presencia en la isla.

–¡Cómo! Estaba segura de que habría leído todos. Si trabaja para su editor… –exclamó la tendera sin salir de su asombro–. El viejo McAllister me contó quién era usted. Cuando Sam Devlin lo llamó, le dijo que una joven de la editorial había ido a visitar al señor Jameson –siguió ella al ver que Rosa la miraba con perplejidad–. Es una pena que esté lloviendo, la isla es preciosa con buena luz.

Rosa podría haberle dicho que no llovía cuando llegó, pero no quiso fomentar más habladurías. Pagó los libros y se marchó.

Sin embargo, se preguntó si Sam le había contado la misma historia a la señora Ferguson. Era posible, aunque su casera era mucho más discreta y no había preguntado por qué había ido al castillo.

Rosa suspiró. Si no podía leer el libro, era por el propio Liam. No podía dejar de relacionar a Luther Killian con el hombre que lo había creado y le dolía que Liam no hubiera hecho nada por volver a verla. Aunque no se lo había dicho a su madre. La había llamado el día anterior por la noche y le dio el número de teléfono del hostal como si hubiera estado allí todo el tiempo. También le dijo que hablaría con Liam Jameson al día siguiente, como si ya hubiera concertado una cita. Afortunadamente, su madre no lo dudó y la conversación fue bastante corta. Rosa temía que la señora Ferguson apareciera en cualquier momento por el vestíbulo donde estaba el teléfono y no quería que sospechara que sus motivos para estar allí no eran los que había oído.

En general, fueron dos días desdichados. Empezó a llover justo cuando el desastrado coche de McAllister salió del castillo y se dispuso a cruzar el páramo. Rosa se levantó y fue a la mesilla para tomar el libro de Liam. Faltaba una hora para la cena, que se servía muy pronto en aquellas tierras, y luego le quedarían otras dos horas antes de acostarse a una hora normal. Tenía que ocupar el tiempo.

Sin embargo, lo que tendría que hacer era volver a alquilar al coche de McAllister para que la llevara al castillo, aunque sólo fuera para cumplir la promesa que la había hecho a su madre. Liam no iba a llamarla. Quizá Sam no le hubiera dado el mensaje o él hubiera decidido no llamarla, pero aquélla podría ser su última oportunidad. Aun así, le espantaba la idea de lanzarse a otro viaje en aquel cacharro y, además, no tenía ningún motivo para volver a ver Liam. Al menos, ningún motivo real. Que quisiera estar un rato más con él no era suficiente, sobre todo cuando él había reconocido que se alegraría cuando ella se fuera. Haría bien es resignarse a pasar otra noche en el hostal y a marcharse del pueblo el día siguiente.

Sin embargo, a la mañana siguiente, Rosa se despertó por el aullido del viento. Se acurrucó debajo de las sábanas y deseó no tener que salir de allí. Aquello parecía un temporal y prefería no imaginarse lo que podría ser montarse en el transbordador. Rosa suspiró, pero no había solución. Tenía que levantarse. La señora Ferguson le había dicho que el transbordador solía llegar sobre las once y media y que salía a las doce y media para parar en la isla de Ardnarossa antes de llegar a Mallaig. Eso significaba una hora más de viaje, otra hora con aquel tiempo. Se marearía. Deseó atreverse a fingir una enfermedad para tener que quedarse hasta el lunes siguiente, cuando volvía el transbordador. Sin embargo, no sabía mentir y tenía que volver por su madre e intentar enterarse en la Oficina de Turismo si sabían algo de la película donde estaba Sophie, según ella. Era una alternativa dudosa, pero era lo único que se le ocurría. En ese momento, la idea de marcharse volvió a gustarle.

Cuando terminó de ducharse, vestirse y hacer la bolsa, bajó para desayunar y se encontró con que la señora Ferguson estaba esperándola.

–Me temo que no va a marcharse hoy, señorita Chantry. Se han cancelado todas las travesías por la tormenta y el transbordador no saldrá de Mallaig hasta que haya remitido.

Rosa sintió un alivio paralizante.

–¿Quiere decir que tengo que quedarme hasta que deje de soplar el viento?

–Bueno, al menos, hasta que se calme –confirmó la señora Ferguson con una sonrisa forzada–. Lo siento.

–No es culpa suya –a Rosa le dio vergüenza darse cuenta de que casi no podía contener la alegría–. Entonces, ¿cuándo cree que la tormenta habrá pasado?

–Como pronto, el sábado, pero incluso en ese caso, no hay ninguna garantía de que el transbordador vaya a venir. Esta isla es muy pequeña, señorita Chantry. A lo mejor deciden esperar hasta la travesía normal de los lunes.

–¡El lunes! Entiendo.

–Claro que si tiene algún motivo urgente para volver, siempre puede hablar con el señor Jameson.

Él podría decirle a su piloto que la llevara en el helicóptero. Quiero decir… –pareció como si la señora Ferguson se planteara la situación– usted está aquí atrapada por él, ¿no?

–Sí… –contestó Rosa, que sabía que los motivos a los que se refería la señora Ferguson y los motivos reales era muy distintos–. Pero no creo que sea una buena idea. ¿Acaso los helicópteros no tienen problemas con el mal tiempo?

–No tanto como los transbordadores. Estoy segura de que mañana no tendría usted ningún problema.

Rosa lo dudaba. Era imposible que Liam fuera a dejarle el helicóptero, ¡un helicóptero! Era otro ejemplo de lo tonta que estaba siendo por querer volver a verlo. Sus formas de vidas eran completamente distintas. Sin embargo, contuvo cualquier comentario y la señora Ferguson fue a por el desayuno de su huésped. Rosa pensó que la señora Ferguson, seguramente, creería que ella estaba planteándoselo cuando, en realidad, estaba pensando que eso podría darle otra oportunidad de volver a hablar con Liam.

Capítulo 8

EL viernes por la mañana, Rosa seguía igual después de pasar otro día viendo llover. El viernes por la tarde le pidió una gabardina prestada a la señora Ferguson y salió a dar un paseo, pero no fue muy divertido. La lluvia fue una pesadez, pero el viento fue el colmo. Le quitaba la capucha de la gabardina y le dejaba el pelo expuesto a la lluvia.

Intentó otra vez leer el libro de Liam y estaba pasándolo bien hasta que Luther Killian dijo algo que podría haber dicho el propio Liam. Le recordó su encuentro con todo detalle y tuvo que dejar el libro y hacer otra cosa. Miró por la ventana y comprobó que iba a ser otro día desperdiciado. El viento seguía soplando con fuerza y la lluvia, aunque más ligeramente, también seguía cayendo.

Podía ver el puerto desde la ventana y estaba segura de que los pescadores, con los barcos amarrados, estarían maldiciendo. Al menos su reclusión no afectaba a su subsistencia. Se acordó de Sophie, pero se convenció de que estaría bien. Seguramente estaría en algún hotel de lujo desayunando con el hombre con el que se había fugado. Efectivamente, no era Liam Jameson, pero quizá él le hubiera dicho que lo era. Aunque sabía que su hermana era demasiado lista para que la engañaran de esa forma. Pero, ¿dónde estaba? Rosa estaba segura de que Liam no lo sabía, pero a lo mejor tenía alguna idea. Cualquier cosa era preferible a quedarse cruzada de brazos.

Sacudió la cabeza. Sabía que estaba buscando cualquier excusa para volver a verlo. Sin embargo, su madre esperaba que ella lo hiciera, independientemente del resultado. Fue lo primero que le preguntó cuando la llamó la noche anterior.

–¿Por qué no lo has visto? –le preguntó su madre.

Le contó lo de la tormenta y luego le preguntó si había vuelto a hablar con Sophie para ahorrarse tener que volver a ver a Liam, pero no había hablado con ella.

Rosa creía que Sophie se mantenía en silencio intencionadamente. Una vez que había dejado claro que podía llamar, seguramente tuviera miedo de que pudieran localizar la llamada. Sin embargo, su madre desconocía por completo la situación de su hija mayor.

–Seguro que hay algún medio para salir de allí –se quejó cuando Rosa le explicó que los transbordadores no hacían travesías–. ¿Qué pasa con los aviones?

–No hay aeropuerto en Kilfoil, mamá. ¿Qué otro barco me propones que tome? ¿Un barco pesquero?

–¿Quieres decir que no puedes hacer nada hasta que los transbordadores vuelvan al servicio? –le preguntó su madre con impaciencia.

–Así es –le contestó Rosa–. Te aseguro que no me hace ninguna gracia.

Sin embargo, ¿era verdad eso?, se preguntó Rosa, que sabía que tener a Liam a quince kilómetros de distancia la compensaba un poco. Si los transbordadores hubieran estado funcionando, ella estaría a varios cientos de kilómetros de distancia y no tendría ninguna posibilidad de volver a verlo.

Frunció el ceño. No podía quedarse todo el día en su habitación. Ya había desayunado y los libros que había comprado no la atraían. Tenía que haber alguna forma de llegar al castillo, se dijo con el pulso acelerado. Al menos así haría algo, aunque el viejo perro de presa de Sam no la dejara entrar.

La señora Ferguson estaba quitando el polvo de la sala cuando Rosa bajó.

—Mmm… estaba preguntándome si hay algún coche que pudiera alquilar durante un día.

—¿No sabe el número de McAllister? —la mujer frunció el ceño y dejó el trapo de polvo—. Creo que lo tengo por algún lado…

—No —intervino Rosa—. No me refiero a un taxi, señora Ferguson. Me refiero a un coche que pueda alquilar y conducirlo yo misma.

—Bueno, no es el mejor día para hacer turismo —replicó la mujer con el ceño fruncido.

—Ya —Rosa suspiró—. En realidad, me gustaría volver a ver al señor Jameson. Se me olvidó… preguntarle algunas cosas.

—Claro —la señora Ferguson asintió con la cabeza—. No quiere que la lleve el viejo McAllister, ¿verdad?

—Bueno…

Rosa se sonrojó, pero la señora Ferguson estaba sonriendo.

—Ya veo que su forma de conducir le ha impresionado. Yo misma me lo pienso dos veces antes de montarme en ese cacharro.

–Entonces… –Rosa se había tranquilizado–. ¿Hay algún coche que pueda alquilar?

–Puede llevarse mi coche, señorita Chantry. Casi no se usa. No es gran cosa, pero va muy bien.

–¡Eso sería maravilloso!

–No lance las campanas al vuelo antes de verlo –la señora Ferguson se rió–. Se lo enseñaré.

El coche, un viejo Ford, estaba en un cobertizo detrás del hostal y Rosa comprobó que, efectivamente, no era gran cosa. Tenía veinte años, por lo menos, y estaba cubierto de polvo. La señor Ferguson tuvo que quitar unas telarañas para poder abrir la puerta.

Sin embargo, el motor arrancó a la primera y Rosa se apartó cuando la señora Ferguson lo sacó a la calle. La lluvia le quitó el polvo y Rosa comprobó que los limpiaparabrisas funcionaban perfectamente. En general, era exactamente lo que necesitaba y se lo agradeció mucho a la señora Ferguson.

–De nada –la mujer se bajó del coche y se metió debajo del cobertizo–. Conduzca con cuidado. Estás carreteras son muy traicioneras con la lluvia. No me gustaría que acabara en una ciénaga.

A Rosa tampoco le gustaría, pero no iba a asustarse. No conducía peor que el señor McAllister y no tenía ninguna prisa. Si tardaba toda la mañana, le daba igual. La primera pista de que conducir aquel coche no iba a ser cosa fácil llegó cuando intentó doblar la primera curva. El volante era como un peso muerto y se dio cuenta de que no tenía dirección asistida. Eso complicaba bastante la conducción y los brazos ya le dolían cuando bajó todas las curvas que la llevaron al puerto. Fue más fácil salir del pueblo, pero no quería pensar en cruzar el páramo.

La lluvia restaba visibilidad y ella habría asegurado que había visto figuras que surgían de la niebla. Sin embargo, eran los troncos espectrales que había por todos lados. Aun así, se alegró de no tener que pasar por allí de noche. Por fin, llegó a la carretera que llevaba al llano donde estaba el castillo. La lluvia le impedía ver el castillo, pero de vez en cuando vislumbraba una granja y algo de ganado. Se tranquilizó. Lo había conseguido. El único obstáculo que le quedaba era llegar hasta Liam Jameson. Tenía la sensación de que a Sam no iba a gustarle volver a verla en la puerta, pero él tendría que saber que no se había ido de la isla. Seguro que esperaría que ella intentara volver a ver a su jefe.

Pasó por encima del puente y aparcó donde había aparcado Liam cuatro días antes. ¿Cuatro días? A veces le parecía que llevaba media vida allí. Se bajó y cerró la puerta con cuidado. Cruzó el patio hasta la puerta principal. No había timbre, pero pensó que los caballeros de la antigüedad no los utilizaban. Había leído que las damas esperaban al caballero asomadas a una de las ventanas o que algún vigía anunciaba su llegada…

–¡Señorita Chantry!

Estaba tan absorta en sus pensamientos, que no se había dado cuenta de que habían abierto la puerta.

–Señora Wilson. Mmm… ¿qué tal está?

–Muy bien, gracias –la mujer lanzó una mirada nerviosa por encima de su hombro–. ¿Puedo ayudarla en algo?

–Eso espero. ¿Está el señor Jameson?

Era una pregunta absurda y Rosa se dio cuenta en cuanto la formuló.

–¿El señor Jameson? –preguntó el ama de llaves con tono dubitativo.

–Sí. Quiero decir, ¿está trabajando esta mañana o podría hablar un momento con él?

–Yo… –la señora Wilson volvió a mirar por encima de su hombro–. Me temo que yo no puedo contestar a esa pregunta, señorita Chantry. Tendrá que preguntárselo al señor Devlin. Lo llamaré.

–No. Yo…

Rosa iba a decirle que no quería ver a Sam Devlin ni en pintura, pero ya era demasiado tarde. La mujer ya se había metido en la casa y la había dejado plantada en la puerta. Por lo menos, podría haberla invitado a entrar, se dijo Rosa. No era la primera vez que estaba en el castillo. ¿Por qué la trataba como a una intrusa? Porque lo era, se contestó mientras oía los pasos de Sam. Se había puesto debajo del saliente de la puerta para protegerse de la lluvia, pero, instintivamente, dio un paso atrás al verlo aparecer. Sin embargo, para su sorpresa, Sam estuvo mucho más amable que el ama de llaves.

–Pase, señorita Chantry –la invitó él mientras se apartaba para dejarle paso–. Hace una mañana de perros. Estará deseando que pase este tiempo. Supongo que querrá volver de una vez a su casa.

–Sí –Rosa no tenía muchas alternativas–. Siento volver a molestarlo, pero todavía no he hablado con el señor Jameson –hizo una pausa–. Le dio mi mensaje, ¿verdad?

–¿A qué mensaje se refiere, señorita Chantry?

Rosa suspiró. Debió haberse imaginado que su amabilidad no llegaría tan lejos.

–Que quería volver a hablar con él –contestó ella secamente–. Si el transbordador no se hubiera retrasado, yo ya no estaría aquí.

–Efectivamente –replicó Sam pensativamente

mientras cerraba la pesada puerta–. Aunque no se lo crea, señorita Chantry, le transmití al señor Jameson lo que usted me dijo.

–Ya, ya, entiendo –Rosa se sintió ridícula y se sonrojó–. Quiere decir que el señor Jameson no quiere hablar conmigo, ¿no? Bueno, no pasa nada. Ahora me doy cuenta de que no debería haberle molestado –se volvió hacia la puerta–. Gracias por decírmelo.

–¡Espere! –exclamó Sam cuando ella intentó abrir el pestillo–. Escuche, señorita Chantry –Sam parecía algo incómodo–. No quería darle a entender que Liam rechazara hablar con usted. En realidad, no sé qué habría hecho él si… –Sam vaciló como si no quisiera seguir–. Si hubiera podido. Él… no ha estado muy bien desde que usted se marchó el martes. Ésa es la verdad.

Rosa se sintió abatida al oír aquellas palabras.

–¿Es la pierna? –Rosa sabía que estaba metiéndose en un terreno desconocido, pero estaba dispuesta a correr el riesgo–. Por favor, dígamelo.

–¿Sabe algo de sus heridas? –le preguntó Sam con el ceño fruncido.

–Sólo… que a veces le molestan. ¿No es así?

–Es posible –contestó Sam–, pero el caso es que el martes sacó a pasear los perros y se caló hasta los huesos. Desde entonces no ha estado muy tratable.

–¿Se ha resfriado?

Sam se sentía incómodo hablando de su jefe a sus espaldas.

–Algo así. Como usted ha comprobado en carne propia, el tiempo es bastante impredecible por aquí.

–No querrá decir que se ha complicado en una neumonía…

–¡No! –contestó Sam con cierta impaciencia–. No

es tan grave. Sólo es… un resfriado un poco molesto. Liam no es un buen paciente, señorita Chantry.

–¿Se puede saber qué demonios está pasando?

La inesperada voz de Liam hizo que los dos dieran un respingo.

–¡Caramba! –exclamó Sam–. ¿Hacía falta que nos dieras este susto? No te había oído.

–Está claro que no.

Liam se acercó fatigosamente hacia ellos. Se dio cuenta de que Rosa lo miraba como si le sorprendiera verlo y eso le desquició. ¿A quién esperaba ver?

–¿Qué está pasando?

Rosa lo miró con perplejidad. Después de oír lo que le había dicho Sam, se lo había imaginado débil y sin parar de toser. Sin embargo, la realidad era muy distinta. Llevaba los vaqueros desgastados en un sitio donde ella no debería mirar y una camisa de seda. Además, tenía un aire perversamente arrebatador, tan inquietante como el de Luther Killian, estaba segura.

–La señorita Chantry… –empezó a decir Sam.

–He venido a verte –le interrumpió Rosa, que no quería que él se hiciera culpable de su intromisión–. El señor Devlin estaba diciéndome que… no has estado muy bien.

–Acababa de decirle que has estado resfriado –aclaró Sam mientras miraba con complicidad a Liam–. Eso es todo.

–Ya –Liam aceptó la explicación.

Por muchos defectos que pudiera tener, Sam era completamente leal y no hablaría con nadie de sus asuntos privados. Liam volvió a mirar a Rosa y se dio cuenta de que estaba temblando, pero no supo si era porque no estaba abrigada o porque él la había asustado.

–Bueno, señorita Chantry –siguió Liam con un tono muy amable–. Será mejor que me acompañe.

Rosa tenía los ojos casi fuera de las órbitas.

–De acuerdo –aceptó ella mientras miraba a Sam con agradecimiento–. Gracias por su ayuda, señor Devlin.

–Ha sido un placer, señorita Chantry. ¿Querrá que luego la lleven al pueblo?

–No –Rosa esbozó una sonrisa forzada–. He tomado prestado el coche de la señora Ferguson, pero gracias de todos modos.

Sam asintió con la cabeza y se dirigió a su jefe.

–¿Le pido a la señora Wilson que lleve café?

–Me parece muy bien.

Sam volvió a mirarla penetrantemente antes de desaparecer por una puerta del vestíbulo.

–Lo has conquistado –comentó Liam irónicamente mientras le hacía un gesto para que subiera las escaleras.

–No creo.

–Yo sí. Sam no es tan parlanchín con las mujeres, te lo aseguro.

Rosa sacudió la cabeza y empezó a subir las escaleras. Liam, detrás de ella, no podía dejar de mirar el trasero que se contoneaba con cada paso. Sería delgada, pero tenía formas y unas piernas largas y elegantes que resaltaban con ese pantalón ceñido de lana que llevaba. También se dio cuenta de que ella había intentado sujetarse el pelo en un moño en lo alto de la cabeza, pero el viento y la lluvia habían tirado por tierra sus esfuerzos. Unos mechones de seda rojiza colgaban seductoramente sobre los hombros de su chaqueta y estuvo tentado de tomar uno entre los dedos. Sin embargo, se contuvo. Prefería no saber el resultado de una acción como ésa, por muy gratificante que pudiera ser. Además, aunque estaba seguro de que a principios de esa semana ella había recibido sus atenciones con agrado, también estaba seguro de que, cuando viera las cicatrices que cosían su cuerpo, ella saldría corriendo tan deprisa como lo había hecho Kayla.

Rosa, por su lado, oía la pesadez de la respiración de Liam y se dio cuenta de que Sam no había exagerado. Parecía como si le faltara el aliento y se arrepintió de haber dudado de él. Cuando llegaron a lo alto de las escaleras, Liam siguió por el pasillo. Pasaron algunas puertas, entre ellas la de la biblioteca y la del comedor, y se paró delante de una puerta que había al fondo. La abrió y le dio paso a un salón muy grande con algunas luces encendidas que le daban un ambiente acogedor.

Un par de sofás tapizados con ante flanqueaban la chimenea tallada en piedra y unas estanterías repletas de libros cubrían los espacios entre las paredes. Las cortinas de seda del mismo color caramelo que los sofás ocultaban la furia del temporal, pero Rosa supuso que con buen tiempo la vista sería impresionante. El suelo estaba cubierto por una alfombra enorme de tonos verdes y azulados.

–Pasa –le dijo Liam mientras se apartaba.

Rosa dudó y miró al suelo.

–Tengo los zapatos mojados.

–Ya lo he visto –Liam se encogió de hombros–. Quítatelos.

–¿No te importa?

–¿Por qué iba a importarme? Puedes quitarte todo lo que quieras –Liam notó que ella lo miraba con recelo–. También tienes mojada la chaqueta.

Capítulo 9

ROSA no supo cómo tomar su desenfado, pero se agachó, se quitó los zapatos de tacón bajo y los dejó junto a la puerta. También se quitó la chaqueta, pero se la colgó del brazo y entró con una extraña sensación de fatalismo.

Notó el calor de la alfombra en los pies mojados. Sabía que Liam la seguía y cuando oyó que cerraba la puerta, se dio la vuelta con una sensación de alivio que hizo que casi se sintiera culpable.

–Es una habitación preciosa –dijo por decir algo y para demostrarle que no la intimidaba–. Todo el castillo es precioso. Tienes suerte de vivir aquí.

–¿De verdad? –Liam le tomó la chaqueta y le señaló los sofás–. ¿Por qué no te sientas y hablamos de ello?

Rosa no tenía una respuesta, pero cuando vio que él dejaba la chaqueta en un sofá que había al lado de la puerta, decidió que no tenía nada que perder. Fue hacia uno de los sofás y se sentó en el borde con cierto nerviosismo.

Liam se acercó y se sentó a su lado y Rosa volvió a comprobar que arrastraba la pierna izquierda, pero se recordó que no había ido allí a hacer preguntas personales.

–Muy bien –dijo él, lo que obligó a Rosa a girarse para mirarlo–. Entonces, ¿has cambiado de idea?

–¿Cambiar de idea? –Rosa estaba desconcertada.

–Sobre que este sitio sólo podía gustar a las ovejas y las vacas –le aclaró Liam con los ojos verdes clavados en ella.

–Yo no he dicho eso –Rosa se sonrojó.

–Como si lo hubieras dicho. Creo recordar que me preguntaste si había llegado la civilización.

–Eso fue antes de conocer la isla. En cualquier caso, no he venido por eso.

–Me lo imagino –Liam se dejó caer sobre el respaldo y cruzó el tobillo derecho sobre la rodilla izquierda–. Sam me dijo que quisiste hablar conmigo el martes antes de marcharte.

–Sin embargo, no te pareció lo suficientemente importante para ponerte en contacto conmigo –le reprochó ella–. Aunque, evidentemente, ya estás mucho mejor.

–Claro, mucho mejor –concedió Liam con ironía.

–Entonces, ¿ibas a ponerte en contacto conmigo o no? –le preguntó ella.

–No –contestó Liam con delicadeza–. Creí que era lo mejor.

–Lo mejor, ¿para quién? Para ti, supongo.

–Para mí y para ti –Liam la miró con un interés que no deseaba–. Creo que no tenemos nada que decirnos el uno al otro, ¿no?

–Bueno, yo creo que sí –Rosa sabía que lo más sensato era levantarse y marcharse antes de que dijera algo de lo que podría arrepentirse, pero siguió hablando–. Hay otra cosa que me gustaría preguntarte sobre Sophie.

¡Otra vez su hermana! Liam consiguió reprimir una exclamación que se había prohibido usar en público. ¿Acaso no habían hablado ya de la desaparición de su hermana? Ni siquiera conocía a esa chica, pero la detestaba con toda su alma.

Liam apoyó los pies en el suelo y se inclinó hacia delante con las manos entre los muslos.

—¿Qué le pasa? —preguntó con tono de paciencia.

—Se me olvidó preguntarte si es posible que estén rodando una película en otro sitio del norte de Escocia.

Liam se volvió para mirarla con incredulidad.

—Seguro —contestó él—. Siempre están rodando una película en esta parte del mundo. ¿Resulta que ahora crees que tu hermana se ha liado realmente con alguien que está rodando una película?

—Es posible —pese a la mirada de incredulidad de Liam, Rosa captó cierto optimismo—. También creo que podrías haberme hablado de la posibilidad de que hubiera otra película.

—¿Hablarte de qué? —le preguntó él con indignación—. ¿Qué tengo que ver con ellos?

—Bueno, son tus libros, ¿no?

—¡Ja! —le cortó él—. ¿Crees que voy a hablar de una producción marginal de uno de mis libros?

—¿No?

—Claro que no —Liam resopló con rabia—. Yo hablaba de películas en general. Si yo hubiera creído que estaban rodando una película de un libro mío en Escocia, ¿crees que no te lo hubiera dicho?

—Entonces, ¿no están rodándola?

—No.

—¿Estás seguro?

—Bueno —Liam dejó escapar una risotada for-

zada–, digamos que no he firmado ningún contra-
to.

–¿Quieres decir que no te han pagado por ella?

–Si quieres decirlo así…

–¿Hay alguna otra forma de decirlo? –Rosa suspiró–. Siento haberte hecho perder el tiempo.

–No digas eso –Liam cambió de actitud súbitamente–. Me has entretenido mucho en un día muy
aburrido.

–Me alegro.

Rosa lo dijo con un tono abatido, pero cuando
fue a levantarse, Liam se lo impidió con una mano
en el muslo.

–No te vayas –le pidió él.

El podía percibir el calor de la carne debajo de
los pantalones de lana y ella se había estremecido.

–La señora Wilson va a traernos café –añadió él.

Rosa tenía la boca seca, pero, a su pesar, sabía
que había ido allí precisamente para eso. Naturalmente, también quería preguntarle sobre Sophie,
pero nunca había tenido muchas esperanzas en ese
sentido. Lo que quería saber era si la chispa de
atracción que había saltado entre ellos era produc-
to de su imaginación. En ese momento, no se lo
parecía. Los dedos que se cerraban sobre su muslo
eran fuertes y dominantes. Cuando ella levantó la
mirada y clavó los ojos en los de él, vio el reflejo
de sus propios deseos reprimidos. Él la deseaba, se
dijo con incredulidad, y no sabía qué hacer al respecto.

La llamada en la puerta fue providencial. Liam
soltó a Rosa inmediatamente y se levantó mientras
el ama de llaves entraba con una bandeja.

–Sam me ha dicho que quería café, señor Jameson –la señora Wilson miró fugazmente la cabeza inclinada de Rosa–. ¿Dónde lo dejo?

–Ahí está bien.

Liam le señaló la mesita que había entre los dos sofás y se preguntó si aquella interrupción habría sido una señal del destino para que recuperara el sentido común.

Cuando la señora Wilson se marchó y cerró la puerta, Liam volvió a sentarse junto a Rosa porque cualquier otra cosa habría parecido rara. Sin embargo, no la miró.

–Puedes servirte –le dijo.

Ella, sin embargo, no lo hizo. Se quedó mirando la bandeja como si pudiera darle la respuesta que estaba buscando. Una cafetera humeante, dos tazas de porcelana, una jarra con leche y un azucarero. Eran objetos muy corrientes, pero representaban la diferencia entre el deseo creciente y la frialdad que sentía en ese momento por Liam.

–No tengo sed –replicó ella–. Creo que, después de todo, lo mejor será que me marche.

Liam apretó las mandíbulas.

–¿Quieres marcharte? –le preguntó antes de que pudiera evitarlo.

–No lo sé –contestó ella con un hilo de voz.

Liam gruñó y, olvidándose de lo que se había dicho a sí mismo desde que la vio por primera vez, alargó una mano y la posó en la nuca de ella. Luego, la atrajo hacia sí antes de que pudiera cambiar de idea. Ella se dejó llevar y separó los labios bajo los de él con una sensualidad que Liam no había esperado. Él había previsto algo superficial, pero cuando ella abrió la boca, introdujo la lengua en aquella abertura húmeda y ardiente. Estaba dulce e increíblemente deseable. Antes de saber lo que estaba haciendo, Liam le acarició el cuello. Ella se arqueó y él notó los senos contra su pecho. Liam bajó más la mano y le agarró el trasero con ella. Rosa se cimbreaba sin control, pero sin separarse. Él la besaba con un abandono desenfrenado que no había sentido desde hacía muchísimo tiempo. Si lo había sentido alguna vez, se dijo mientras saqueaba la boca de Rosa sin tregua.

Sin embargo, aquello no era lo que él buscaba, pensó en un momento de extraña clarividencia. Él no se daba revolcones de una noche con divorciadas ávidas de sexo sin ataduras. Además, casi ni la conocía y ella no sabía nada de las espeluznantes cicatrices que se escondían debajo de sus caras ropas. ¿Acaso no había aprendido en carne propia que no se podía confiar en las mujeres? Si no quería aterrarla, tenía que parar aquello en ese preciso instante.

Rosa, por su parte, no sabía nada de aquellos reparos y, aunque no creía que el resultado fuera a ser duradero, estaba dispuesta y deseosa de aceptar todo lo que Liam quisiera darle. Su matrimonio con Colin y el dolor que sufrió cuando se enteró de que la había engañado era algo muy lejano. Colin nunca había conseguido que ella se sintiera así. Se dio cuenta de que su relación había sido de conveniencia, no de pasión.

Tomó el cuello de Liam con las manos y le acarició el pelo. Era un pelo levísimamente canoso, pero tupido y viril. Como todo él, se dijo Rosa mientras notaba la inconfundible erección contra su vientre.

La batalla que él estaba librando contra sus deseos fue disipándose rápidamente. Cuando ella emparejó su lengua a la de él, Liam notó que la sangre le bullía en las venas. Le devoró los labios y la lengua y su cabeza empezó a darle vueltas por el anhelo que sentía. La deseaba. Deseaba meter su palpitante sexo en la humedad abrasadora de ella. Acarició su mentón y, cuando separó la boca para tomar aire, le pasó el pulgar sensualmente por los labios húmedos. Ella sacó la lengua para lamerle el dedo y Liam se inclinó para morderle el lóbulo de la oreja mientras notaba que la erección crecía contra la cremallera del pantalón.

A ella se le había soltado el pelo y Liam le tomó unos mechones entre los dedos. Se los llevó a los labios y la besó a través de aquella sedosa cortina. Rosa dejó escapar un gemido extasiado.

Liam pensó que aquello estaba poniéndose al rojo vivo, pero no pudo evitar tomarle un pecho con la mano por encima del jersey. Sin embargo, cuando fue a meterse el pezón endurecido dentro de la boca, ella le llevó la mano hasta el borde del jersey.

Tenía una piel muy suave, al revés que la suya, se dijo Liam con amargura. Cuando le levantó el jersey hasta la barbilla, se encontró con unos pechos insolentes que casi escapaban del sujetador. La visión de esa piel inmaculada fue un recordatorio de las cicatrices que llenaban su torso. Dejó escapar un gruñido de angustia y escondió la cara entre los pechos de ella.

—¡No puedo hacerlo!

Rosa respiraba entrecortadamente al ritmo del anhelo sexual que él despertaba en ella. Notaba la humedad entre las piernas y una punzada en lo más profundo del vientre.

–Me deseas –replicó ella sin saber de dónde había sacado la osadía para decírselo.

Hacía sólo unos días, ella estaba convencida de que nunca le parecería atractiva a él. Sin embargo, en ese momento estaba diciéndole que él la deseaba cuando era posible que él estuviera fingiendo.

–Eso da igual –afirmó Liam.

Él puso las manos en el respaldo del sofá, a ambos lados de la cabeza de ella, y fue a apartarse, pero ella no le dejó.

–No da igual –Rosa le tomó la cara entre las manos–. No espero un compromiso para toda la vida. Sólo quiero estar contigo. ¿Tiene algo de malo?

–No tiene nada de malo…

–¿Entonces?

–No lo entiendes –Liam consiguió separarse y tapó aquellos tentadores pechos de su mirada voraz–. No soy lo que piensas.

Rosa lo miró con los ojos entrecerrados.

–Si vas a contarme que no eres normal…

–No soy un vampiro, pero, créeme, esto nunca saldría bien.

–No tiene que salir bien –Rosa se incorporó y lo miró seductoramente–. Me gustas, Liam. Me gustas desde que me hablaste en el transbordador. Sé que no soy sofisticada ni elegante, pero pensé que también te gustaba.

–Me gustas –confirmó Liam con desesperación–. Esto no tiene nada que ver con que me gustes o no. ¡Sólo tiene que ver conmigo!

Rosa supo que estaba derrotada. No sabía qué estaba pasando, pero no se creía nada de lo que él decía. Por algún motivo, él había cambiado de idea sobre ella. ¿Temía que ella pudiera esperar algo que él no podría darle? Dolida, tuvo que lanzar una última pulla aunque sólo fuera para salvar algo del naufragio de su orgullo.

–Siempre se trata de usted, ¿verdad, señor Jameson? –le preguntó mientras se abrazaba el gélido cuerpo–. Sólo piensa en usted.

La injusticia de esa afirmación lo dejó atónito. Había pensado en ella. Aunque se reconoció que también había pensado en cómo se sentiría él cuando ella lo viera y le diera la espalda. Sin embargo, había pensado fundamentalmente en ella, en ahorrarle la espantosa visión del zurcido que el atacante había hecho con su cuerpo. Ella nunca se imaginaría que, si siempre llevaba mangas largas y jerseys, era porque aquel hombre le machacó los brazos.

Liam, consciente de que se arrepentiría, se levantó y la miró. Entonces, cuando ella también lo miró con cierto sobresalto, él se arrancó los botones y se abrió la camisa.

Rosa también se levantó mientras él se quitaba la camisa. Vio las cicatrices del pecho y los brazos y se quedó sin aliento. Alguien lo había atacado con un cuchillo y él había levantado los brazos para defenderse.

Rosa comprendió que eso era lo que había estado ocultando y se preguntó si él pensaba que aquello le hacía menos viril. Las cicatrices eran antiguas y algunas estaban desapareciendo, pero el recuerdo todavía lo mortificaba. Rosa se avergonzó de haberle obligado a hacer aquello, por no decir nada de haberlo acusado de llevar una vida de ensueño. Sin embargo, ¿él realmente pensó que ella sentiría repulsión por su aspecto? Ella estaba avergonzada de sí misma, no de él.

–No… lo sabía… –Rosa quería tranquilizarlo–. Lo siento, Liam, yo…

–No creo que lo sientas ni la mitad que yo, te lo aseguro. Pero, como has dicho, no lo sabías. Supongo que es una excusa –Liam volvió a ponerse la camisa–. Sin embargo, ya lo sabes. Llamaré a Sam para que te acompañe fuera.

–Pero Liam…

–No sigas –le interrumpió él mientras iba cojeando hacia la puerta–. Te aseguro que ya he recibido toda la compasión que puedo asimilar.

Durante el camino de vuelta al hostal, Rosa no pudo dejar de atormentarse. No pensó ni en la lluvia ni en que la carretera estaba resbaladiza y podía caerse a una ciénaga. En ese momento, su seguridad no significaba nada para ella. Ni siquiera notó la dureza del volante. Sólo podía pensar en la cara de Liam cuando se arrancó la camisa y le enseñó aquellas espantosas cicatrices. Creía que nunca olvidaría el dolor que se reflejaba en sus ojos. No se dio cuenta de que había dejado de llover hasta que se paró delante del hostal. Sin embargo, ni siquiera eso la animó. El transbordador llegaría y ella se marcharía de la isla. No volvería a ver a Liam.

–¿Le pasa algo? –le preguntó la señora Ferguson en el vestíbulo.

–No, estoy bien –mintió Rosa–. Gracias por dejarme el coche. Aunque tengo que pagarle la gasolina.

–No hace falta. No tiene que pagarme la poca gasolina que ha gastado. Como le dije antes, al coche le habrá venido bien darse un paseo. Cuando vivía mi marido, le gustaba ir a ver pájaros por toda la isla, pero desde que murió casi no lo uso.

–Es muy amable –Rosa esbozó una sonrisa forzada–. Yo… parece que está despejando.

–Sí, eso creo, pero usted parece un poco cansada. ¿Le ha cansado mucho el viaje?

Rosa contuvo el sollozo que se le formó en la garganta.

–Un poco. Estoy acostumbrada a la dirección asistida.

–¿Dirección asistida? –le preguntó la señora Ferguson con cierto asombro–. ¿Qué es eso?

Rosa deseó no haber dicho nada.

–Ayuda a mover el volante –le explicó escuetamente Rosa antes de dirigirse a su habitación.

Capítulo 10

EL resto del día fue espantoso. Rosa rechazó la comida que le ofreció la señora Ferguson y se encerró en su habitación preguntándose si alguna vez volvería a sentirse normal. Le parecía increíble todo lo que había pasado esa mañana. ¿Realmente había estado a punto de ser seducida por un hombre en contra de la voluntad de él?

No era de las mujeres a las que les pasan esas cosas. Su matrimonio con Colin y la traición de éste habían hecho que fuera recelosa con los hombres. Sin embargo, no lo fue en ningún momento con Liam. Quizá porque nunca pensó que pudiera parecerle atractiva. En realidad, seguía sin saber qué sentía él por ella. No confiaba en ella y le habría gustado poder demostrarle que no le importaban las cicatrices. ¿Eran el motivo para que viviera allí, tan lejos de la gente con la que trabajaba? Le gustaría conocerlo mejor y poder demostrarle que… ¿Qué? ¿Qué estaba pensando? No estaba enamorada de él. Quizá lo deseara, y lamentaba mucho haberse marchado del castillo de aquella forma, pero lo conocía muy poco. Desde luego, no podía confiarle su amor. Eso, no obstante, no impedía que lamentara lo que había pasado. Seguía sin saber lo que él pensaba de ella. Si él creía que estaba acostumbrada a hacer esas cosas… se equivocaba.

Rosa se estremeció. No recordaba haberse comportado nunca tan descaradamente, ni con Colin. Pero tampoco había sentido lo mismo por Colin y eso era algo que también lamentaba.

¿Realmente le había pedido a Liam que tuviera una relación sexual con ella? ¿Le había dicho que no tenía que comprometerse y que sólo quería que se acostara con ella y le hiciera el amor desenfrenadamente? Se ruborizó al recordarlo y al darse cuenta de que lo dijo como lo sentía. Todavía lo sentía. Lo deseaba. Deseaba estar con él, algo le decía que sería una vivencia inolvidable.

Sin embargo, eso no pasaría nunca. Liam se había ocupado de ello. Con un acto devastador, le había demostrado claramente lo maltrecho que estaba. No sólo físicamente. Las cicatrices se habían cerrado. A Rosa le preocupaban las otras cicatrices, las que se ocultaban debajo de la superficie.

Lo que lo apartaba de ella era esa sensibilidad que parecía tan a flor de piel como cuando sufrió el ataque. No era psicóloga, pero estaba segura de que había alguien más que era el responsable de ese caparazón que había levantado alrededor de él. Alguien le había hecho mucho daño y ella no creía que hubiera sido el atacante.

¿Quién era? Tenía que ser una mujer, decidió Rosa. Una mujer especial. Una mujer de la que se hubiera enamorado. Alguien en que hubiera confiado para que lo respaldara en su calvario…

Sonó el teléfono en el piso de abajo y Rosa dio un respingo. No esperaba que la llamaran. Era poco probable que Liam intentara ponerse en contacto con ella. Aun así, el corazón le dio un vuelco cuando la señora Ferguson la llamó.

–La llaman, señorita Chantry –le decepción vino después–. Es su madre.

Rosa tuvo cierta sensación de fracaso al bajar las escaleras. Había hablado con Liam sobre la película, pero no tenía ninguna novedad para su madre.

–Hola, mamá –la saludó Rosa con un tono desenfadado–. Te gustará saber que el temporal ha pasado. El lunes, como tarde, me iré de la isla.

–¿De verdad? –la señora Chantry parecía algo alterada–. Qué bien. ¿Vendrás directamente a casa?

–Había pensado pasar por algún centro de información y preguntarles si sabían…

–Sophie no está en Escocia –la interrumpió su madre–. Ha estado en Londres, pero ya está en casa.

–¿En Londres? –repitió Rosa sin dar crédito.

–Sí –su madre parecía estar pasándolo mal–. Ha estado con un hombre que conoció en el festival. Un músico, creo.

–No estás diciéndolo en serio.

–Sí –su madre suspiró–. Lo siento, Rosa.

–¿Por qué le dijo a Mark que se había ido a Escocia?

–No lo sé. Para que no le siguiéramos el rastro, supongo. Sabía que yo me preocuparía si sabía que estaba con un guitarrista; con todas esas drogas que toman…

–Pero estabas preocupada, mamá –le recordó Rosa–. Cuando me llamaste el sábado pasado, estabas casi histérica.

–Exageras, Rosa. Todos sabemos cómo es Sophie. Es tan impulsiva…

–Tan irresponsable –le corrigió Rosa–. ¿Está por ahí? Dile que se ponga. Quiero hablar con ella.

–No puede ser. Mark llamó hace un rato y ha ido a su casa para intentar arreglar las cosas.

–Será tonto si se cree algo de lo que le diga –replicó ella con indignación–. No puedo creerme que vayas a dejar que salga impune de esto. Si hubiera sido yo a su edad, me habrías castigado un mes.

–No quiero estar todo el rato reprendiéndola, Rosa. Pronto se irá a la universidad y, si me pongo dura, no querrá venir a visitarme.

–¡Mamá! No puedes dejar que te chantajee. Se ha escapado con un músico, un hombre al que no conocía. Podía haber sido un… tratante de blancas…

–Rosa –la señora Chantry dejó escapar una risa–. ¡Un tratante de blancas! En cualquier caso, Sophie ha aprendido la lección. Dice que él la rechazo cuando se negó a acostarse con él.

Rosa no se lo creyó.

–¿Te ha contado por qué se fue con él?

–Al parecer, le dijo que podía presentarla a algunas personas que conocía en la televisión. Ya le he dicho que no debería haberlo creído.

–¿Dónde entra Jameson? –le preguntó Rosa.

–Bueno… –su madre vaciló–. Eso podría haber sido culpa mía.

–¿Culpa tuya? ¿Por qué?

–Bueno… –evidentemente, su madre estaba buscando las palabras–. Saqué una conclusión equivocada.

–No entiendo.

Su madre suspiró.

–Ya sabes cuánto le gustan a Sophie los libros de Liam Jameson.

–Sí.

–Y que ha dicho lo mucho que le gustaría ser la protagonista de una de sus películas.

–¿Estás de broma?

–¡No! –contestó su madre con indignación–. Lo ha dicho un montón de veces. Cuando Mark me llamó para decirme que Sophie se había escapado a Escocia con un hombre que había conocido en aquel festival…

–¡No puedo creérmelo!

–Es verdad. Mark me dijo que ella le había dicho que ese hombre iba a presentarle a la gente indicada y…

–Y tú sumaste dos más dos y te dio quince. ¿Por qué no me lo dijiste antes de que yo viniera hasta aquí?

–¿Habrías ido si te lo hubiera dicho?

–Seguramente, no –Rosa resopló.

–Claro que no –aseguró su madre con firmeza–. Te conozco, Rosa. Si hubieras creído que yo estaba dando palos de ciego, nunca habrías ido a ver a Liam Jameson.

Rosa reconoció que eso era verdad.

–Mamá –replicó Rosa con tono cansado–, en cualquier caso, habría preferido que me lo hubieras dicho.

–¿Para que me dijeras lo tonta que soy? Pensé que te alegraría saber que tu hermana está sana y salva, pero no paras de criticarnos a las dos.

Rosa supo que era ridículo, que ya tenía treinta y dos años, pero se le empañaron los ojos ante la dureza de las palabras de su madre. Eran muy injustas. Ella, en realidad, no se había quejado, pero Sophie era muy egoísta y su madre se negaba a darse cuenta.

–Voy a tener que colgar –dijo Rosa intentando disimular el nudo en la garganta–. La señora Ferguson necesitará el teléfono.

Eso era un excusa. Aparte de esa llamada, el teléfono no había sonado desde que ella estaba allí.

–Muy bien –si la señora Chantry se dio cuenta de que iba a colgar porque había sido brusca, no parecía dispuesta a reconocerlo–. Hasta pronto.

–Adiós.

Rosa colgó y se pasó el dorso de la mano por los ojos. No iba a llorar aunque el día hubiera ido de mal en peor. Tenía que centrarse en el futuro, en volver a su pequeño piso de Ripon, que, de repente, le pareció muy lejano. El colegio volvería a empezar dentro de un par de semanas y tenía que preparar algunas lecciones.

Liam siempre se alojaba en el hotel Moriarty cuando iba a Londres. Era pequeño y tan selecto, que sólo lo conocía un grupo escogido de personas. Era una de las ventajas de su éxito, se dijo mientras conducía por la autopista. Podía quedarse allí en el anonimato más completo. Aunque no pasaría más de un par de noches. Iba a pasar algunos días en la clínica para seguir con la terapia de su pierna.

Desde agosto, desde que le pilló aquella tormenta por culpa de los perros, el muslo le molestaba cada vez más. El médico local la dijo que quizá se hubiera roto un ligamento y que lo mejor era que fuera a Londres para que lo examinaran. Sam, naturalmente, pensó que era una locura que fuera conduciendo el coche hasta Londres, que podía usar el helicóptero, pero los helicópteros suelen avisar de la llegada de uno y Liam no quería que se supiera.

Había salido de Escocia hacía un rato y se acercaba al área de servicio de Tebay. Podría parar allí, estirar las piernas y tomarse un café mientras miraba el mapa, aunque se conocía ese camino de memoria.

Aparcó junto a la cafetería y entró para comprar un café que se llevó otra vez al coche. Sacó el mapa de la guantera. Estaba cerca de Kirby Stephen. Allí giraría hacia Scotch Corner y a unos treinta kilómetros estaba el pueblecito de Ripon. ¡Ripon! Liam parpadeó por el sabor amargo del café. ¿Para qué quería saber cómo se llegaba a Ripon? Era verdad que le había sonsacado a la señora Ferguson que Rosa vivía allí, pero ¿qué más daba? Hacía unos dos meses que ella se había ido y dudaba mucho que quisiera volver a verlo después de haberse portado tan mal con ella.

Ni siquiera sabía por qué seguía pensando en ella. Ya era bastante mayor para saber que su relación sólo había sido una breve obnubilación sexual. La había deseado, efectivamente, pero la experiencia le había enseñado que algunas veces no se consigue lo que se quiere. No había duda de que ella se había espantado al ver los costurones que tenía debajo de la camisa y ni siquiera había visto lo peor. Era un milagro que pudiera seguir funcionando como hombre.

Intentó justificar su interés diciéndose que estaba preocupado por ella. ¿Habría encontrado a su hermana? No había leído ninguna noticia de Sophie y eso, normalmente, era una buena noticia. Esperaba que así fuera, por Rosa. No podía creerse que su hermana se hubiera portado tan inconscientemente cuando todos los medios de comunicación hablaban constantemente de los peligros de irse con hombres desconocidos.

Dobló el mapa y lo guardó en la guantera. Dio un sorbo de café ¿Qué haría? ¿Volvería a la autopista para ir directamente a Londres como le había dicho a Sam o se desviaría un poco hacia el noreste?

Miró el reloj. Eran las tres de la tarde de un martes de octubre. Llegaría a Ripon sobre las cinco, si iba allí. ¿Cómo sabría si ella ya había vuelto a su casa? ¿Estaría sola? ¿Estaba dispuesto a correr ese riesgo sólo para satisfacer un capricho del que luego se arrepentiría? Sabía la respuesta y tiró el vaso de cartón a la papelera. Si no volvía a ver a Rosa, nunca sabría lo que sentía.

Afortunadamente, había poco tráfico y llegó a la salida de Ripon a las cinco menos cuarto. Había muchos coches que salían del pueblo y decidió que sería gente que había terminado la jornada laboral. Sólo necesitaba encontrar a alguien que le dijera dónde estaba Richmond Road. Vio a un policía que dirigía el tráfico por la calle que iba al lado de la catedral. Se paró junto a él.

—Disculpe, estoy buscando Richmond Road —le dijo Liam con tono pesaroso—. ¿Sabe dónde está?

El policía lo miró y por un instante pareció que iba a decirle que no podía parar allí, pero se compadeció de Liam.

—Richmond Road… Sí, acaba de pasarla. Es por allí, la siguiente a Winston Street.

Liam contuvo un juramento. Estaba en una calle de una sola dirección y el centro del pueblo estaba bloqueado. ¿Cómo iba a volver sobre sus pasos?

–Lo mejor sería que aparcara y volviera andando –le propuso el policía.

–Claro…

Liam asintió con la cabeza y cerró la ventanilla. ¿Se había vuelto loco? Era un lío tremendo y todo para encontrarse con una mujer que posiblemente no quisiera hablar con él. No quería ni imaginarse lo que diría Sam si se enterara.

Consiguió encontrar un sitio para aparcar en la plaza del mercado. Sacó el abrigo del asiento trasero, se lo puso y cerró el coche. Al pasar junto a la catedral, una campanada le dijo que eran las cinco y media y todavía le quedaba un viaje de cinco horas si quería estar en Londres esa noche. Afortunadamente, no llovía, aunque hacía frío y el viento soplaba por esas callejuelas. Además, le dolía la cadera y la tenía entumecida. Debería haberse quedado en el coche. Era una locura andar en aquel estado y todo para ver a una mujer a la que casi no conocía.

Encontró Richmond Road sin muchos problemas. Era una calle con casas pareadas y no tardó en llegar al número 24. Miró el papel que tenía en el bolsillo. Decía 24b, pero no había ni 24b ni 24a. ¿Le habría dado una dirección falsa a la señora Ferguson? Decidió preguntar para enterarse. Abrió la verja y fue hasta la puerta. Una vez allí vio un telefonillo con dos botones, en uno ponía 24a y en el otro 24b. Evidentemente, eran dos pisos distintos. Miró las ventanas y vio luz, pero no sabía a qué apartamento correspondía. Llamó al timbre.

–¿Diga?

La voz era inconfundible. A Liam no le gustó el efecto que tuvo en sus entrañas ni cómo se le clavó en el corazón. ¿Qué estaba pasándole? Ni Kayla había hecho que se sintiera de aquella manera.

–¿Rosa? –la voz le salió ronca–. Soy yo, Liam Jameson. ¿Puedo entrar?

Silencio. Liam se preguntó qué haría si no le dejaba pasar. ¿Tiraría abajo la puerta? ¿Se marcharía? Esperó no tener que comprobarlo.

–Empuja la puerta.

Liam oyó un zumbido que abría el pestillo. Dentro estaba oscuro, pero Liam pudo ver unas escaleras que subían al primer piso. Se encendió una luz y Liam vio a Rosa en lo alto de las escaleras. Contuvo el aliento y empezó a subirlas. Pensó que estaba distinta y se dio cuenta de que se había cortado el pelo. Le quedaba por encima de los hombros, seguía siendo una mata indómita de rizos, pero más delicada, más femenina. Llevaba unos pantalones negros y anchos y una camisa sedosa de color verde que se le deslizaba por un hombro al moverse. Liam se dijo que estaba arreglada. Demasiado arreglada como para pasarse la tarde viendo la televisión sola. La pierna se la quedó rígida y no pudo moverse.

–Perdona, esto es una intromisión –dijo él para disimular.

Rosa frunció el ceño y Liam estuvo seguro de que diría algo sobre su parálisis, pero consiguió mover la pierna otra vez y ella retrocedió hasta la puerta iluminada que tenía detrás.

–No es ninguna intromisión. Pasa.

Capítulo 11

GRACIAS.

Liam se alegró de llegar al descansillo. No habría podido subir un escalón más y ya estaba preguntándose cómo volvería hasta su coche. Quizá llamara a un taxi, pero tenía muy claro que no podría volver andando.

Rosa, por su lado, estaba preguntándose qué haría él allí. Intentaba convencerse de que no podía tener nada que ver con lo que había pasado en el castillo antes de que ella se marchara, pero si no ¿por qué otra cosa podría ser?

Seguramente, le habría dado la dirección la señora Ferguson. Podía imaginarse la sorpresa de ella ante esa petición. Se habría preguntado por qué no se la pedía a su editor. Salvo que por algún motivo él le hubiera contado la verdad.

Rosa miró la habitación e intentó imaginarse cómo la veía él. Era una habitación cómoda pero modesta y no tendría nada que ver con los pisos lujosos a los que él estaría acostumbrado.

Quitó un par de medias que había dejado en una de las sillas de la mesa y retiró una revista del sofá.

—Siéntate... Pareces cansado.

—Querrás decir machacado —le corrigió él irónicamente mientras se sentaba en el sofá—. Estoy un poco entumecido, eso es todo. Llevo conduciendo desde esta mañana temprano.

—¡Pero si es martes! —exclamó ella con los ojos fuera de las órbitas.

—¿Y bien?

—Creía que el transbordador sólo llegaba los lunes y los jueves —Rosa sacudió la cabeza—. Claro, seguramente hayas usado su helicóptero.

—¿Cómo te enteraste de que tengo un helicóptero? —le preguntó él con una mirada penetrante.

—Me lo dijo la señora Ferguson —Rosa hizo una pausa—. Cuando me quedé… atrapada en la isla, ella me propuso que te pidiera ayuda.

—Ya. La amable señora Ferguson —Liam se encogió de hombros—. Bueno, siento decepcionarte, pero anoche me quedé en casa de Jack Macleod.

—¿De quién?

—El hombre con el que me viste hablando la mañana que tomamos el transbordador a Kilfoil —le recordó él mientras se dejaba caer contra el respaldo del sofá—. ¿Soy el único que lo recuerda?

—No. Ya me acuerdo. ¿Es amigo tuyo?

—Un buen amigo —le confirmó Liam—. Vive en Mallaig y cuando compré la isla, él se ofreció para ponerme en contacto con la gente que yo necesitaba para hacer las obras. Sus abuelos habían vivido en Kilfoil y me ayudaron mucho. Somos amigos desde entonces.

—Ya… —Rosa lo asimiló—. Supongo que la señora Ferguson te dio mi dirección.

—Efectivamente. Espero que no te importe.

—¿Por qué iba a importarme?

Rosa se dio cuenta de que seguía sujetando las medias y la revista y cruzó la habitación para guardarlas en un cajón de la cómoda. También sintió un calor repentino y bajó la calefacción.

–¿Quieres algo de beber? –le preguntó ella de espaldas a él.

–Una cerveza… –no quería nada en realidad. El dolor de la pierna había remitido y lo único que no quería era volver a dar otro paso–. ¿Encontraste a tu hermana?

Rosa se dio la vuelta. La camisa se le deslizó por el hombro y mostró el tirante negro del sujetador.

–Ya estaba aquí cuando yo volví. Había estado en Londres todo el tiempo.

–¿En Londres? –Liam pareció divertido–. ¿Qué hacía en Londres?

–Se fue con un músico que conoció en el festival de rock, pero, al parecer, él la abandonó cuando ella no quiso acostarse con él.

Liam hizo un gesto de no creérselo y Rosa siguió.

–Ya sé que es increíble, pero mi madre se cree todo lo que ella dice.

–Entonces, ¿dónde entro yo? –le preguntó Liam sin dejar de mirarla.

–Ah –Rosa se sonrojó–. Eso es culpa de mi madre. Cuando Mark, el novio de Sophie, la llamó para decirle que Sophie se había ido a Escocia con un hombre que iba a ayudarla a participar en una película, ella pensó en ti inmediatamente.

–¿Por qué?

–Bueno, como te dije, Sophie te admiraba mucho. Me imagino que necesitó centrarse en algo y ese algo fuiste tú.

–Entonces, ¿fue tu madre quien te mandó a Kilfoil?

–Mmm –Rosa asintió con la cabeza–, pero Sophie dijo que iba a ir a Escocia, eso es verdad.

Liam sacudió la cabeza con incredulidad.

–¿Puedo preguntar por qué?

–Para despistarnos. Pensándolo ahora, tuve que estar atontada para creerme todo lo que me dijo mi madre, pero ella estaba casi histérica cuando me llamó. Ah... la cerveza... –Rosa fue hacia la cocina–. ¿Es todo?

Liam pensó que ni muchísimo menos, pero le dijo que sí mientras la miraba ir al cuarto de al lado. Ella fue muy deprisa, Liam se dio cuenta de que estaba nerviosa y se preguntó por qué. ¿Estaría esperando a un hombre?

La idea le molestó más allá de lo normal. No podía creerse cuánto había deseado volver a verla. A eso se le añadía la impaciencia que le producía su propia debilidad. No había ido allí para que ella sintiera compasión. Quería ponerla a prueba, pero no en ese sentido.

Liam apretó los dientes, se levantó, fue hasta la puerta de la cocina y apoyó el hombro en el marco.

–¿Vives sola?

Rosa dio un respingo. Sabía lo cansado que estaba y había supuesto que se quedaría en el sofá. Ya había sacado la botella de cerveza de la nevera y estaba a punto de servirla en un vaso, pero su aparición la había asustado.

–Sí... –contestó ella mientras abría la botella.

Sin embargo, cuando fue a servirla en el vaso, Liam la detuvo.

–Déjalo, la beberé de la botella.

–¿Seguro? –Rosa no parecía muy convencida.

–Seguro.

Liam alargó la mano y ella le pasó la botella mientras se encogía de hombros. Él, sin embargo, no se apartó de la puerta y Rosa se quedó mirando cómo se llevaba la botella a los labios. Los músculos del cuello se movieron al tragar y ella volvió a sentir la punzada de deseo que nunca había sentido hasta que lo conoció.

Liam bajó la botella y la miró. Ella estuvo a punto de desmoronarse y tuvo que hacer un esfuerzo enorme para mirar hacia otro lado y poder hablar.

—¿Por qué no te sientas otra vez? Estarás molesto de pie…

—No lo creas —Liam dejó la botella en la encimera y alargó una mano—. Ven.

Rosa tragó saliva.

—Necesitas ayuda para…

—No. No necesito tu ayuda. Al menos, no esa ayuda —la miró con desesperación—. Ven aquí, ¿te importa?

Rosa dudó, pero acabó separándose de la nevera y yendo hasta él.

—¿Ahora qué? —le preguntó ella.

—Como si no lo supieras —replicó él mientras le agarraba la muñeca y se la llevaba a los labios—. Bésame.

—Liam… —a Rosa se le alteró el pulso.

—Hazlo —insistió él ásperamente.

Ella se acercó más y rozó los labios sobre los de él. Liam dejó escapar un gruñido.

—¿No sabes hacerlo mejor? —Liam le acarició la mejilla y le pasó los dedos entre el pelo—. Bésame, Rosa. Como tú sabes. No he venido hasta aquí para que me des una cerveza.

–¿Por qué lo has hecho? –Rosa tuvo que contenerse para no pasar sus dedos por los labios de Liam–. ¿Para qué has venido hasta aquí?

–Adivínalo –Liam entrecerró los ojos.

–¿Porque querías verme?

–¡Vaya! –exclamó él con tono sardónico–. Eres muy expresiva…

–Dime tú qué tengo que decir –se defendió ella con cierta emoción–. ¿Para qué querías verme? Que yo recuerde, estabas deseando librarte de mí.

–Ya –Liam hizo un sonido burlón–. Eso te pareció, ¿no?

–¿No era verdad?

–Sí era verdad –Liam jugueteó con un mechón de pelo–. Sigue siendo verdad, pero no soy un héroe como me imaginaba.

–¿Héroe? –Rosa estaba desconcertada.

Liam suspiró y se apoyó en el otro pie.

–Si tuviera el más mínimo sentido común, no estaría aquí.

–Bueno, si eso es lo que te parece…

Rosa tuvo que callarse al encontrarse la boca de Liam sobre la de ella. No fue totalmente inesperado. Habían estado acercándose a ese momento desde que ella abrió la puerta, pero Rosa no estaba preparada para la pasión con que él la estrechó contra sí y el gruñido que brotó de su garganta cuando lo hizo.

Ella separó los labios y la lengua de Liam entró vorazmente en su boca. Él se dio cuenta de que no era indiferente al cuerpo delicado y entregado que tenía contra sí y que tampoco le avergonzaba aprovecharse de su evidente debilidad. Eso era lo que había estado esperando desde que ella le dejó entrar en el apartamento y, aunque le dolía el muslo, un dolor mucho más intenso estaba creciendo entre sus piernas.

El beso se prolongó y se profundizó hasta dejarlos sin aliento y temblorosos. Liam, que intentaba mantener la cordura, apartó la boca para lamerle el lóbulo de la oreja. Notó que el control lo abandonaba a pasos agigantados.

A ella se le volvió a resbalar la camisa por el hombro y esa vez él le apartó el tirante del sujetador para poder pasarle los labios entre los pechos. Los mordisqueó y observó con deleite la marca que dejaba en la piel lechosa.

—Me deseas —afirmó ella vacilantemente mientras lo agarraba del pelo de la nuca para mantenerse de pie—. Me deseas de verdad.

—Te has dado cuenta. Sí, te deseo. ¿Vas a decirme que tú no sientes lo mismo por mí?

—Eso sería una estupidez, ¿no? —replicó ella con un susurro—. Creo que sabes lo que siento, si no, no estarías aquí.

—Sé lo que crees que sientes, pero no lo sabes todo.

Rosa se estremeció al notar la erección creciente contra su vientre.

—He estado casada —le recordó ella delicadamente.

Liam dejó escapar un gruñido.

—No me refiero a eso.

Liam la soltó bruscamente, se volvió hacia la sala y le dio la espalda.

—¿No te espantarás si me quito los pantalones? —le espetó él sin mirarla.

Rosa lo siguió, lo abrazó por detrás y apoyó la cabeza en la lana de su abrigo.

—¿Estás alardeando? —le preguntó ella para quitarle hierro a la situación.

—Crees que ya has visto lo peor, pero no es verdad —contestó él con cierta brusquedad—. Has tenido tiempo para asimilar lo que viste, pero hay más cicatrices…

—Shh… —Rosa lo soltó para ponerse delante de él—. Deja de decir esas cosas. Si me hubieras dado tiempo para hablar aquella mañana en el castillo, te habría dicho que no me espanto tan fácilmente.

—Pero estabas impresionada…

—Claro —replicó Rosa con indignación—. ¿Quién no lo estaría en mi situación? No tenía ni idea… —hizo una pausa—. No sentí repulsión, si es lo que pensaste. Sólo pensé que era horrible que alguien fuera tan cruel para hacerte eso. Si sentí algo, fue compasión…

—No necesito tu…

—Pero supuse que ya habías recibido toda la compasión que podías soportar. Además, debes saber que tienes muchas cosas a tu favor, pero no me dejaste decirte nada, aparte de decirme que me fuera.

—Pensé que no había nada más que decir.

—Supongo que eso depende de lo que vayas a hacer ahora —Rosa miró su rostro afligido—. Depende de si decides perderte en la noche o quitarte ese abrigo.

Liam la miró fijamente.

—Me gustaría creer que lo dices en serio.

—Entonces, hazlo —Rosa lo dijo con firmeza—. Quítate el abrigo —ella se acercó y metió las manos debajo del abrigo para quitárselo de los hombros—. Tienes que tener calor con tanta ropa.

–Tengo calor, pero no tiene nada que ver con la ropa que llevo –el abrigo cayó al suelo–. Ven.

–No, ven tú.

Rosa lo tomó de la mano y lo condujo a un pasillo corto con dos puertas. Una, supuso él, sería del cuarto de baño y la otra del dormitorio.

Efectivamente, ella lo llevó a un cuarto pequeño pero acogedor. Las paredes eran de color miel y el suelo estaba cubierto por una moqueta peluda de un tono crema. Había una cama, sencilla, comprobó él con satisfacción, un armario y una cómoda con cajones. Las cortinas, verdes como la colcha, estaban cerradas y Rosa encendió la lámpara de la mesilla.

–Ya sé que esto no se parece a lo que estás acostumbrado, pero…

Liam la dio la vuelta y la besó hasta que los dos quedaron sin aliento y abrasados por la pasión.

–Quiero acostumbrarme a ti, no a este cuarto –replicó Liam cuando pudo hablar–, pero ¿podríamos apagar la luz? No me siento en condiciones de que me observes.

Rosa quiso decirle que era una tontería, pero respetó sus sentimientos y apagó la luz.

–¿Mejor? –preguntó ella a la silueta que se formaba con la luz que entraba de la sala.

–Mucho mejor.

Él se acercó y ella se sentó en el borde de la cama con la intención de que él hiciera lo mismo, pero Liam tenía otras intenciones. Se arrodilló delante de ella, pese al dolor de la cadera, y ocultó la cara entre los pechos de Rosa.

–¿Sabes cuánto he deseado hacer esto? –le preguntó Liam mientras introducía las manos por de-

bajo de la blusa–. ¿Cómo demonios se quita esto?
–le preguntó con cierta impaciencia.

–Déjame –le contestó Rosa temblorosamente antes de quitarse le prenda por encima de la cabeza–.
Es fácil cuando sabes hacerlo.

–¿Yo no lo sé?

Liam se quitó la chaqueta y el jersey, pero cuando se dio cuenta de que sólo la camisa separaba su
torso maltrecho del inmaculado cuerpo de ella, se
detuvo.

–¿Estás segura? –le preguntó con una voz entrecortada.

–Tan segura como he estado de muy pocas cosas
en mi vida –Rosa empezó a desabotonarle la camisa– ¿Me permites?

–Si quieres… –Liam casi no podía respirar.

–Quiero.

Al cabo de unos segundos, él notó el aire contra
su torso. Ella se inclinó y le recorrió las marcas de
sus heridas con la lengua. Sólo había ternura sobre
su piel.

Fue la señal para que él la tumbara sobre el col-
chón, le soltara el cierre del sujetador y liberara los
pechos para cubrirlos con su cuerpo. Tomó un pezón entre los labios y ella dejó escapar un leve gemido. Succionó el endurecido abultamiento. Ella se
agitó y le pasó los dedos entre el pelo mientras se
arqueaba contra él. A Liam le habría gustado alar-
gar aquello, pero sabía que no podría. Su erección
ya amenazaba con estallarle la cremallera. Liam
pensó que hacía unos veinticinco años que no tenía
una erección parecida. No había perdido el control,
del cuerpo y de la mente, desde que era un adolescente. La sangre le corría desenfrenadamente por

las venas ante lo que se avecinaba. Empezó a sudar sólo de pensar en enterrar su sexo en su abertura ardiente. Llevó la mano hasta el botón de la cinturilla del pantalón de Rosa. Lo abrió diestramente e introdujo la mano. Notó la seda y el encaje, pero frunció el ceño al acordarse de lo nerviosa que había estado ella antes. La idea de que ella se hubiera vestido para otro hombre hizo que la presión sanguínea le aumentara más.

Sin embargo, se negó a estropear la belleza del momento por los celos. Pasó la mano por debajo del tejido sedoso.

–Es maravilloso –susurró él mientras se abría paso entre los rizos con un dedo para alcanzar la húmeda esencia de ella–. Sabía que lo sería.

–También lo es para mí –balbució Rosa que intentaba soltar los pantalones de Liam–. Por favor –añadió ella entrecortadamente–, te quiero dentro cuando llegue al clímax.

La imagen que inspiraron aquellas palabras hizo que él le quitara los pantalones y el tanga de encaje, que acabaron el suelo junto a la blusa.

–Ahora, tú –le apremió Rosa con un hilo de voz.

Liam, tras una leve duda, se bajó los pantalones. Rosa pudo introducir la manos por la cinturilla de los calzoncillos y tomarle el trasero para presionar le erección contra el interior de sus muslos.

–Quítate esto –le ordenó ella con voz vacilante.

Los calzoncillos fueron al suelo, pero cuando ella iba a tomar su sexo, él la detuvo.

–Dame un respiro –Liam quería recuperar un poco el dominio de sí mismo y esconder un instante más sus cicatrices–. Soy humano…

–Me alegro.

Rosa contuvo el aliento y, pese a los intentos de Liam por evitarlo, tomó su sexo. Si notó la señal que lo recorría hasta las ingles, ella no dijo nada y sus caricias lo llevaron al límite.

–Es imposible que Luther Killian sea tan sexy como tú –añadió ella.

–¿Qué sabes de Luther Killian? –le preguntó él casi sin poder respirar.

–Compré un libro tuyo en Escocia y por fin he conseguido leérmelo.

–¿Por fin?

Si bien estaba muriéndose por poseerla, hizo un esfuerzo por disfrutar de esos preparativos y de notar cómo se estremecía ella debajo de él.

–Mmm –farfulló ella–. No pude leerlo cuando… estaba en la isla. Me recordaba demasiado a ti. Sin embargo… cuando pensé que ya no volvería a verte… decidí que sería la forma de estar cerca de ti.

–Ah… –Liam soltó el aire que había estado conteniendo–. ¿Y ahora?

–Ahora sólo quiero hacerlo contigo –contestó ella con la voz alterada–. Por favor.

Capítulo 12

LIAM se dio cuenta de que se había dormido cuando abrió los ojos y se encontró solo en la cama. No había notado que Rosa se hubiera levantado. En realidad, no había notado nada desde el estremecimiento del clímax. Supuso que por eso se habría sentido tan relajado y saciado de placer. Durante unos minutos se conformó con quedarse tumbado y revivir cada segundo. Él ya sabía que Rosa respondería, pero lo había desbordado. Fue tan ardiente y erótica, que él se olvidó de cualquier inhibición que hubiera tenido. Incluso se olvidó de sus temores por hacer el amor con ella. Además, si ella había captado algún defecto en su anatomía, no lo demostró. En realidad, ella hizo que él volviera a creer en sí mismo, creer que había encontrado una mujer que veía al hombre y no a sus imperfecciones.

Recordó cuando su erección empezó a entrar en ella la primera vez y él casi perdió el sentido. Ella le había asegurado que no hacía falta que usara preservativo y la sensación del contacto de las pieles fue un estimulante muy potente. También notó que ella contenía la respiración mientras él la poseía.

–¿Te pasa algo? –le preguntó él.

Ella dejó escapar un suspiro.

–Estaba pensando lo grande que es –confesó ella.

–¿Es un inconveniente?

–Para mí, no –contestó ella inmediatamente–. Quizá lo sea para ti.

–¡Cariño! –exclamó él con cierto tono burlón–. No es un inconveniente. Eres tan ardiente, que me estoy abrasando.

–¿Eso es bueno?

–Es maravilloso, pero no esperes que aguante mucho tiempo.

Sin embargo, cuando entró completamente en ella, quiso alargarlo. Se acoplaba perfectamente a él y sentía sus senos contra su pecho. Era maravilloso ser parte de ella y mecerse dentro. A él solía gustarle más la preparación que la conclusión y no quería que nada estropeara algo tan hermoso.

Sin embargo, Rosa pasó una pierna por encima de la suya y le acarició la pantorrilla con la planta del pie. Fue un gesto muy sencillo, pero estuvo a punto de volverlo loco. Cada movimiento que hacía ella lo excitaba más y la necesidad de cumplir todas las fantasías que había tenido se hizo intensa.

Entonces, empezó a moverse, lentamente al principio para comprobar los deslizantes músculos que se habían expandido alrededor de él. Sintió un placer deliberado al apartarse hasta casi salir sólo para volver a entrar y notar el anhelo que había provocado.

No pudo recordar cuándo se desbocó todo, sólo sabía que había acelerado el ritmo para intentar sofocar los latidos descontrolados de su corazón. Rosa reaccionó. Se movió al mismo ritmo hasta que él notó la oleada del orgasmo de ella un segundo antes de que ella misma lo notara. Los sonidos que ella emitió y los contoneos de su clímax lo dejaron atónito. Él la siguió casi inmediatamente y lo que empezó como una súplica delicada se aceleró hasta un glorioso abandono a la sensualidad.

Su orgasmo pareció durarle una eternidad. Mucho tiempo después, estuvo convencido de que se había vaciado completamente en ella y de que seguía estremeciéndose en sus brazos. Nunca había vivido nada parecido. Todas sus dudas y tensiones al volver a ver a Rosa se habían disipado. Supo que había acertado al tomar el desvío y estaba seguro de que ella pensaba lo mismo.

Sin embargo, ¿dónde estaba ella? Se apoyó en un codo e intentó ver el reloj. Estaba oscuro y, evidentemente, no había amanecido, pero ¿cuánto tiempo habría dormido?

El sonido de una voz masculina y alterada lo sacó de cualquier sensación de tranquilidad. Llegaba de la sala y se dio cuenta de que llevaba algún tiempo oyendo el zumbido de voces. Encendió la luz y se tapó con la sábana. Eran poco más de las nueve de la noche. Frunció el ceño. ¿Qué estaba pasando? ¿Se habría levantado Rosa y habría encendido la televisión?

Pensó llamarla, pero le pareció improcedente. Decidió esperar a que ella volviera para preguntarle qué estaba pasando. Sabía que ella volvería antes o después. Lo que habían compartido no iba a desaparecer.

Entonces, el hombre llamó a Rosa por su nombre.

—Por Dios, Rosa —exclamó el hombre con el

mismo tono alterado de antes–. Creía que íbamos a hablar de esto.

Liam no oyó la respuesta de Rosa, que hablaba en un tono más bajo. Liam se preguntó si lo haría por consideración hacia él o si, sencillamente, no quería que él oyera lo que estaba diciendo. Quizá no quisiera que él supiera que tenía otra visita… Quizá fuera el hombre para el que ella se había vestido, pensó Liam con una punzada de celos.

Apartó las sábanas y se levantó. Se puso los calzoncillos. Afortunadamente, aunque la pierna le dolía, el resto de sus músculos había recuperado algo de su fuerza. Calculó que, si tenía que volver andando a su coche, lo conseguiría.

Cuando tuvo puestos los vaqueros y la camisa, las voces casi no se oían. Se puso el jersey y la chaqueta de cuero. Decidió que, si tenía que enfrentarse al visitante de Rosa, fuera quien fuese, prefería estar preparado.

La lámpara iluminaba un poco y fue al cuarto que había al otro lado del pasillo. Efectivamente, era el cuarto de baño. Encendió la luz y se pasó un peine por el pelo.

Al salir del cuarto de baño, se dio cuenta de que tenía hambre. Se había olvidado de que el sexo podía tener ese efecto. Quizá pudieran pedir una pizza. Estaba a punto de entrar en el cuarto de estar cuando el hombre volvió a levantar la voz.

–Me importa un comino quién sea él –exclamó con furia–. No tiene ningún derecho. Rosa, soy tu marido…

–Ex marido…

–¿No me merezco ninguna consideración? Creía que habíamos acordado volver a intentarlo.

Liam no oyó la réplica de Rosa. Estaba petrificado y apoyado contra la pared del pasillo. Efectivamente, él había acertado. Ella había estado esperando otra visita. A su ex marido, ni más ni menos. Apretó las mandíbulas con fuerza. ¿A qué estaba jugando ella? El pobre parecía sentirse tan engañado como él.

Quería largarse de allí inmediatamente. Se sentía como si lo hubieran tomado por idiota. ¿Qué se había propuesto ella? ¿Quería darle celos al otro? Pues lo había conseguido por partida doble.

Las voces, sin embargo, se oían demasiado lejos. No parecían estar en el cuarto de estar. Tenían que estar en la cocina, donde él la había besado hacía unas horas. Sintió otra punzada de celos que intentó pasar por alto. En ese caso, quizá él pudiera hacerse con su abrigo sin que ellos se enteraran.

Miró a hurtadillas y comprobó que había acertado. Alguien, seguramente Rosa, había dejado su abrigo en una silla. Concretamente, en la que estaba más cerca de la puerta. ¿Acaso ésa era la forma de decirle que podía largarse?

El suelo crujió cuando él se movió, pero Rosa y su marido, su ex marido, estaban demasiado enzarzados en la discusión como para darse cuenta. Entonces, se hizo un silencio. Liam se quedó clavado en el suelo, pero todo siguió igual. ¿Estaría besándola? Se preguntó él atenazado por los celos. Intentó convencerse de que le daba igual, pero, aun así, quiso propinarle un puñetazo en la boca del estómago.

El sentido común lo detuvo. Además, como había dicho ese tipo, ¿qué derecho tenía él a meterse en la vida de Rosa? Él no significaba nada para ella y, aunque se hubiera hecho ilusiones, ella tampoco podía significar nada para él. En realidad, ella le había hecho un favor. Le había demostrado que no todas las mujeres eran Kayla Stevens y eso era de agradecer.

Se colgó el abrigo del brazo y dejó la puerta de apartamento entreabierta. Si la hubiera cerrado, habría hecho mucho ruido.

Bajó las escaleras con mucho cuidado y salió del edificio. Cuando se encontró fuera, se alegró de haberlo conseguido. Se puso el abrigo y siguió su camino sin mirar atrás.

—¿Qué ha sido eso?

Rosa creyó haber oído algo, apartó a Colin y fue al cuarto de estar, pero no vio a nadie. Pensó que se lo había imaginado. La presencia de Colin la había alterado completamente.

—¿Dónde está ese tipo con el que te has acostado? —le preguntó Colin fuera de sí mientras miraba el albornoz que ella se había puesto—. Te he sacado de la cama, ¿verdad? ¿Se esconde para que no le dé una paliza? —la quitó de en medio y pasó junto a ella—. Veamos quién se ha acostado con mi mujer…

—¡Ni se te ocurra!

Rosa lo agarró del brazo para que no fuera al pasillo que daba a su dormitorio, pero no consiguió detenerlo.

—¡Hola! —exclamó él mientras encendía la luz del dormitorio—. No hay nadie — Colin se volvió sin comprender nada.

Rosa hubiera preferido que su cara no la delatara, pero estaba tan sorprendida como él y Colin la conocía demasiado bien como para engañarlo.

–Vaya, ¿qué te pensabas? –le preguntó él con tono burlón–. Se ha largado –él frunció los labios despectivamente–. Ya te lo dije. Sólo puedes fiarte de mí.

Rosa pensó que se habría reído si no se hubiera sentido tan abatida. Comprendió perfectamente por qué se había ido Liam y no tenía nada que ver con que se pudiera fiar de él o no. Él les habría oído hablar y, al recordar todo lo que había dicho Colin, tuvo ganas de gritar por desesperación. Ella le había dicho que llevaba tres años divorciada, pero él, Liam, podría haber oído a Colin asegurar que ella todavía era su mujer.

Ella, desde luego, no lo era, pero si Liam hubiera oído su conversación, lo habría dudado. Colin era muy arrogante y seguro de sí mismo, tanto que estaba convencido de que ella volvería con él. Sin embargo, aunque sentía que su segundo matrimonio hubiera sido un fracaso parecido al primero, ella no pensaba volver con Colin.

–Vete –le dijo Rosa mientras señalaba la puerta.

Rosa pensó que Colin seguiría discutiendo, pero, evidentemente, había decidido que ya había dicho bastante por esa noche.

–Vaya, la puerta no tiene el cerrojo echado –comentó él–. Se ha escabullido sin que nos enteráramos. ¿Quién es, Rosa? ¿No tengo derecho a saber quién es mi competidor?

–No tienes ningún derecho en nada que se refiera a mí –contestó ella sin inmutarse–. No vuelvas. Para mí, hace tres años que desapareciste de la faz de la tierra.

–No lo dices en serio, Rosa.

–Te aseguro que sí –Rosa abrió la puerta–. Espero no volver a verte.

Colin dudó y Rosa se preguntó qué podría hacer si él no la hiciera caso. Con un poco de suerte, su vecina la oiría gritar y llamaría a la policía. Sin embargo, Colin se fue después de decirle que lo lamentaría toda la vida.

Rosa cerró la puerta de un portazo y se dejó caer en el sofá entre lágrimas. No podía creerse que aquella noche que había empezado tan maravillosamente terminara tan espantosamente. Todo porque había accedido a hablar con su ex marido cuando la llamó a primera hora del día.

Incluso se arregló porque él iba verla, se dijo con amargura. Se había puesto su mejor ropa interior para sentirse bien. No sentía nada hacia Colin, pero eso no impedía que quisiera estar guapa cuando él la viera. Quería que él deseara no haberla engañado, aunque, en definitiva, le había hecho un gran favor.

Liam, sin embargo, tendría una opinión espantosa de ella. Cuando Colin llamó a la puerta, sólo intentó que no despertara a Liam. Ni siquiera lo invitó a pasar, pero Colin la apartó dando por supuesto que se alegraría de verlo. Se puso agresivo cuando ella le dijo que había alguien en su vida e intentó convencerla de que había accedido a volver a intentarlo con él.

Todo había sido un error espantoso y había sido culpa de ella. Si no hubiera aceptado volver a ver a Colin, no estaría en esa situación. Claro que ella no esperaba volver a ver a Liam y mucho menos que él se presentara en su apartamento. Pensar que él había hecho ese viaje sólo para concluir que ella no era mejor que la mujer con la que había estado prometido…

Él, naturalmente, no sabía que ella se había enterado de que había tenido un noviazgo frustrado. En cuanto llegó a su casa, indagó en internet todo lo que pudo sobre él. Había muy pocas cosas, a pesar de su éxito, pero él siempre decía que rehuía la publicidad. Leyó una entrevista en la que decía que dejaba que sus libros hablaran por sí mismos. También afirmaba que los escritores no tenían por qué ser personas interesantes sólo por saber contar una historia.

No encontró casi nada sobre el ataque que había sufrido. Ella supuso que la actitud de Liam había disuadido a la prensa. Además, el hombre que lo atacó se suicidó al creer que había matado a su victima. No hubo investigación ni juicio. Liam pasó unas semanas recluido en un hospital y luego volvió a su ático con un servicio de seguridad que preservó su intimidad hasta que se recuperó.

Su novia lo abandonó públicamente cuando él dejó el hospital, pero Rosa se preguntó si realmente había esperado tanto. Según las noticias, lo dejó por un playboy sudamericano que jugaba al polo. Ella manifestó que sentía hacer daño a Liam, pero que amaba a Raimondo, que había sido un amor a primera vista y que ella no podía hacer nada por evitarlo. La prensa habló mucho del asunto y uno de los artículos resaltó que se había visto a la modelo Kayla Stevens en brazos de Raimondo Pereira.

Kayla Stevens era novia del famoso escritor Liam Jameson, quien hace poco sufrió un ataque casi mortal de un admirador enloquecido. Jameson, cuya primera novela, A la caza del vampiro, *va a llevarse al cine por una cifra multimillonaria, no quiso hacer declaraciones. Sin embargo, su agente, Dan Arnold, ha dicho que el señor Jameson desea lo mejor para la nueva pareja.*

Seguro, se dijo Rosa, cuando leyó la noticia. Sin embargo, en ese momento sólo podía pensar en que ella también lo había decepcionado. ¿Qué conclusión equivocada habría sacado de las mentiras de Colin? ¿Qué habría oído que lo habría convencido de que ya no podía confiar en ella?

Rosa se enjugó las lágrimas y se levantó. No podía quedarse sentada compadeciéndose de sí misma. Tenía que hacer algo, pero ¿qué podía hacer aparte de vestirse e ir en su busca? Eso, seguramente, sería un esfuerzo inútil. No tenía ni idea de dónde buscarlo. No sabía dónde podría pasar la noche, ni siquiera tenía el número de teléfono del castillo. Además, tampoco podía abandonar sus responsabilidades para ir a buscarlo. Al día siguiente, a las ocho y media, tenía que estar en el colegio.

Volvió al dormitorio, a ese cuarto que hacía una hora había sido la antesala del paraíso y en ese momento parecía tan desolado como ella misma. Se quedó un momento en la puerta mientras intentaba contener las lágrimas, y luego se dejó caer en la cama.

Escondió la cabeza en la almohada y pudo captar su aroma, una mezcla de olor a cuerpo de hombre y cítricos con la perturbadora fragancia del sexo. ¿Cómo podría soportar aquello? Se sentía como si la hubieran vaciado por dentro, como si estuviera completamente desnuda y expuesta a la mirada de los demás. Ya no tenía que fingir. Estaba enamorada de él.

Entonces, se acordó de Dan y levantó cabeza con una sensación de esperanza. Dan Arnold, su agente. Él tenía que saber el número de teléfono de Liam. No esperaba que fuera a dárselo, pero sí confiaba en que le transmitiera un mensaje.

Se levantó de la cama de un salto y soltó un quejido al pisar algo duro que estaba debajo de la sábana. Supuso que sería uno de sus zapatos, pero al quitar la sábana vio un teléfono móvil. Rosa lo recogió con impaciencia. ¿Qué haría su teléfono en el suelo? Entonces, se dio cuenta de que no era su teléfono. Tenía que ser el teléfono de Liam.

Se sentó en el borde de la cama. Él seguramente usaría ese teléfono para estar en contacto con su agente o su editor cuando estaba de viaje. Para ella seguramente sería el medio para solucionar su problema. Pero ¿sería tan fácil?

Estaba apagado. Rosa lo encendió e inmediatamente comprobó que tenía tres mensajes en el buzón de voz. Se humedeció los labios, que se le habían quedado completamente secos. ¿Se atrevería a oírlos? Alguno podría ser de Dan Arnold…

Marcó el número requerido y esperó con ansia.

–Liam –dijo una voz femenina–, ¿dónde demonios te has metido? Me dijiste que llegarías al Moriarty sobre las siete y media. Ya son las ocho y llevo media hora esperándote en tu suite. Llámame cuando oigas este mensaje. Sabes que me preocupo por ti.

Rosa cortó el mensaje en ese momento. Se sintió estúpida. Había creído que Liam había ido a verla a ella cuando, evidentemente, sólo había sido una idea repentina. Debió decidir ir a verla cuando iba de camino a Londres para encontrarse con esa mujer. Aunque fuera su madre, su hermana o su novia, se había equivocado completamente al creer que Liam había ido allí por ella.

Tiró el teléfono al otro lado de la habitación, se levantó y quitó las sábanas. No quería el más mínimo rastro de Liam en su casa.

Puso unas sábanas limpias y entonces dejó que las lágrimas brotaran libremente.

Capítulo 13

CREO que te has vuelto loco!
Lucy Fielding se volvió a mirar a su hermano desde la cocina de la suite donde estaba preparándole un café.

–Puedes opinar lo que quieras, naturalmente –replicó Liam desde el sofá–. ¿No está el café todavía?

Lucy frunció los labios, pero sirvió una taza y se la llevó.

–Toma.

–Gracias –el organismo de Liam estaba disparado por la cantidad de cafeína que había tomado durante las últimas horas, pero dio un sorbo–. Me encanta…

Lucy se encogió de hombros y se sentó en el otro extremo del sofá.

–El café no me parece el mejor sustitutivo del desayuno –le censuró ella–, pero me alivia tanto verte, que seré generosa.

–Vaya, gracias otra vez –Liam la miró con los ojos entrecerrados–. Siento haberte hecho esperar tanto.

–Ya puedes sentirlo. Cuando llamaste estaba pensando en llamar a la policía para preguntarles si había habido algún accidente.

–Ya te lo he explicado, ¿no? Me di cuenta de que había perdido el móvil cuando ya estaba en la autopista y tuve que llegar a un área de servicio para poder llamarte.

—Y sentí tal alivio, que te perdoné todo.

—¿Ya has cambiado de idea? —le preguntó él con delicadeza.

—No he dicho eso —Lucy suspiró—. Como Mike está fuera hasta el viernes, había decidido de todas formas pasar la noche en la ciudad —hizo una pausa—. Cuéntamelo otra vez. Te desviaste para visitar a una mujer que conociste en agosto y se presentó su marido, ¿no?

Liam puso una expresión sombría.

—No quiero hablar de eso.

—Creo que deberías hablarlo. ¿Qué pasa? Hay algo que no me has contado. ¿Cómo la conociste? Creía que no llevabas mujeres a Kilfoil.

—No las llevo.

—Entonces, ¿qué hacía ella allí?

Liam resopló.

—Buscaba a su hermana.

—¿En la isla o en el castillo?

—En los dos sitios —contestó él lacónicamente—. Por favor, Lucy, olvídalo.

—No puedo. Tú te olvidas de que yo estaba cerca de ti cuando Kayla te abandonó y no me gusta la idea de que otra mujer te haya tomado el pelo.

—Rosa no es así —replicó él con cansancio.

—¿Cómo es?

—Alta, delgada, pelirroja…

—Sabes que no me refería a eso. ¿Se parece a Kayla?

—No se parece en nada a Kayla. Sería un insulto decir su nombre en la misma frase que el de Kayla Stevens.

–Kayla Pereira –le corrigió su hermana–. Quien, por cierto, ha vuelto a Londres. He oído decir que Raimondo y ella se han separado y que ella va diciendo a todo el que quiera escucharla que tú has sido el único hombre al que ella ha querido.

Liam la miró con incredulidad.

–¿Estás de broma?

–No, lo digo en serio. El otro día me acorraló en una tienda y me preguntó si te había visto últimamente –Lucy sonrió–. Naturalmente, yo le dejé creer que nos veíamos muy a menudo. No me pareció bien decirle que nos veíamos muy de vez en cuando.

–Sabes dónde vivo.

–Pero no estás muy a mano, ¿no? –protestó ella–. Además, ya casi no vienes a Londres.

–Soy escritor, Lucy. Tengo que trabajar.

–Lo sé –Lucy vaciló–. ¿Y… Kayla?

–Pueden darle… –Liam se moderó–. Me da igual si no vuelvo a verla.

Liam se dijo que era verdad, aunque pareciera increíble. Durante mucho tiempo había evitado hablar de Kayla o, incluso, pensar en ella, pero ya no le importaba lo que dijeran. Ella ya no le afectaba lo más mínimo. Podía pensar en ella sin dolor. Sacudió la cabeza por la sensación de libertad.

–Me alegro de oírlo –Lucy sonrió–. Evidentemente, Rosa… Chantry tendrá algo que no tenían las demás, ¿no?

–Déjalo, Lucy –Liam se sintió deprimido.

–¿Cómo voy a dejarlo? –su hermana lo miró con desesperación–. ¿No te dijo que estaba casada?

–No está casada –replicó él a regañadientes–. Al menos, creo que no lo está.

–¿Cómo? –Lucy parpadeó–. Pero dijiste…

Liam dejó la taza de café en la mesita que tenía delante y se levantó con cierto esfuerzo.

–Necesito una ducha –interrumpió a su hermana–. Luego quiero hablar con Dan antes de ir a ver a Aaron Pargeter. Me parece perfecto que te quedes aquí, pero no esperes que me ocupe de ti hoy.

–Menuda novedad. Sin embargo, a lo mejor me quedo otra noche si no te importa. Todavía me debes una cena.

Liam la miró con una mezcla de afecto e indignación.

–De acuerdo. Cenaremos esta noche si me prometes que no vas a decirme cómo tengo que manejar mi vida.

–Canalla –replicó ella con tono burlón.

Liam salió del cuarto con una sonrisa.

Los dos días siguientes fueron espantosos. Rosa no podía dormir bien y, aunque su madre la había llamado para que fuera a comer, Rosa no creía que pudiera ser civilizada con Sophie.

Su hermana había dejado el curso de la universidad justo al empezar el trimestre de otoño. Les dijo a Rosa y a su madre que era demasiado aburrido, que no era lo que ella se esperaba y que había entrado en una agencia de publicidad de Harrogate que, al parecer, consideraba que su apariencia compensaba su falta de experiencia.

Rosa tuvo que reconocer que el trabajo le iba como anillo al dedo. Como recepcionista era la imagen perfecta de lo que la agencia quería promocionar. Además, aunque Sophie seguramente también acabaría aburriéndose con el tiempo, por el momento estaba contenta. Aun así, Rosa no tenía ganas de pasarse una comida oyendo lo importante que era su trabajo. Sobre todo, cuando cada vez que veía a Sophie se acordaba de Liam y de lo que había perdido. En un principio fue doloroso, pero en ese momento era horrible. Ni siquiera quería pensar en lo que había pasado ni reconocer, aunque fuera a sí misma, que siempre había sabido que no podría durar.

¿Acaso no se lo dijo a él? ¿Acaso no le prometió que no esperaba ningún compromiso? Quizá estuviera engañándose al pensar que él se había marchado porque había oído a Colin. Quizá él sólo quisiera pasarlo bien una noche, un poco de diversión de camino a Londres.

Naturalmente, no sabía dónde entraba la otra mujer. Sólo podía pensar que era muy tolerante si no le importaba que él hiciera una «parada técnica» cuando iba a verla. Al menos, aquella mujer le había dado una dirección donde mandarle el teléfono. A pesar de que estaba golpeado, al día siguiente le mandó el móvil al hotel Moriarty.

Las cosas no mejoraron cuando el viernes por la tarde, cuando salió del colegio, se encontró a Colin esperándola junto al coche de ella. A juzgar por su expresión llevaba un buen rato allí y hacía bastante frío.

–¿Qué quieres? –le preguntó sin ánimo de ser compasiva.

–No estás muy simpática –le contestó Colin mientras ella dejaba en el asiento trasero el trabajo que tendría que hacer en casa durante el fin de semana–. Pensaba que ya te habrías tranquilizado.

–¿Tranquilizarme? –Rosa lo miró fijamente.

–Si lo prefieres, calmarte –replicó él con impaciencia–. ¿Podemos ir a hablar a algún sitio?

–No tenemos nada de qué hablar, Colin. Creía que había dejado las cosas muy claras. No quiero volver a verte.

–Pero no puedes decirlo en serio –Colin apretó las mandíbulas.

–¿No?

–No. Verás… sé quién es ese tipo. El que te dejó. Sophie me lo ha dicho.

–¿Sophie? –Rosa se quedó atónita.

–Sí –Colin se agitó un poco–. La otra noche, cuando me echaste, pensé que tenía que haber alguna explicación y esta mañana llamé a Sophie.

–¿Sabes dónde trabaja? –Rosa lo miró fijamente.

–Claro. Me lo dijo un tipo en el garaje. Terry Hadley. ¿Te acuerdas? Él trabaja en…

–Me da igual dónde trabaja ese tipo –le interrumpió Rosa con furia–, pero me gustaría saber por qué conoce a Sophie.

Colin bajó la mirada.

–Bueno, ha estado viéndolo, ¿no?

–¿Viéndolo?

–Ha salido con él –aclaró Colin con tirantez–. Por favor, Rosa, ¿no sabes nada?

–Claro que no –ella pensaba que Sophie seguía con Mark–. ¿Desde cuándo sale con él?

–¿Qué importa? –Colin pareció enfadado–. Desde que volvió de la universidad, supongo. Ya es mayorcita, Rosa. No necesita tu permiso.

–No.

Rosa apretó los labios, pero no dijo nada más, abrió la puerta del coche y se sentó al volante.

–¡Eh! –Colin agarró la puerta antes de que ella la cerrara–. ¿Qué pasa conmigo?

–¿Contigo?

–Vamos, Rosa. ¿Cuándo voy a volver a verte?

–Nunca, espero –Rosa arrancó el motor.

–No te creo. Vamos. ¿No esperarás seriamente volver a ver a ese tipo que conociste en Escocia, Liam Jameson?

–No –le dolió, pero Rosa prefirió, por sí misma, ser sincera.

–¿Entonces? Ese tipo es multimillonario. Yo diría que puede conseguir a cualquier mujer que quiera. Eres atractiva, Rosa, pero no eres como las mujeres con las que él se trata. ¿Has visto alguna vez una foto de la modelo con la que estuvo prometido?

–Lárgate, Colin –Rosa se sorprendió de que las palabras de él le hubieran molestado tanto. Parecía un niño descarado y tenía treinta y siete años–. Ya te lo he dicho. No quiero volver a verte. ¿Qué más quieres que te diga?

–Efectivamente, ¿qué más quieres que te diga, Colin? –le preguntó una voz áspera que ella creía que no volvería a oír–. Lárgate.

Rosa apagó el motor y se bajó del coche de un salto, pero Colin se interpuso antes de que ella pudiera hablar.

–¿Con quién se cree que está hablando? –preguntó Colin congestionado por la ira–. Es una conversación privada. ¿Por qué no se larga usted antes de que le pegue una paliza?

–No pienso hacerlo –replicó Liam sin perder la calma–. En marcha, Colin. Me temo que no sé cómo te apellidas, pero creo que podré vivir sin saberlo.

Rosa estaba espantada. Sabía muy bien que Colin tenía un genio horrible y al ver a Liam apoyado contra la puerta trasera del coche se dio cuenta de lo vulnerable que era.

Sin embargo, eso no impidió que se empapara de su visión. Llevaba el abrigo negro, tenía los pies cruzados a la altura de los tobillos y, pese a lo nerviosa que estaba ella, él era viva imagen de la serenidad.

Colin parecía no saber cómo enfrentarse a Liam, pero su actitud se había convertido en violenta y fue agresivamente hacia él.

–¿Quién se cree que es para hablarme así? Me iré cuando quiera.

–Lárgate –insistió Liam sin alterarse antes de mirar a Rosa–. Hola –la saludó y ella se derritió por dentro–. Pareces cansada. ¿Te ha fastidiado este mamarracho?

Rosa fue a hablar, pero Colin agarró a Liam por la solapas del abrigo.

–¿Me ha llamado «mamarracho»? –Colin tenía la cara pegada a la de Liam–. Vamos, dígamelo ahora. ¿A que no se atreve?

–Colin…

–¿Eso crees? –Liam volvió a mirar a Colin sin rastro de miedo en su expresión y con una sonrisa burlona–. No todos somos unos imbéciles ni necesitamos amenazar violentamente para demostrar nuestra masculinidad.

Rosa gruñó. Liam estaba provocándolo intencionadamente y ella sabía lo que haría su ex marido.

–¿Por qué no…?

Colin preparó el golpe, pero antes de que pudiera lanzarlo, el puño de Liam se estampó contra su abdomen. Colin soltó el abrigo de Liam y se dobló por la mitad para intentar respirar.

–Bastardo… –le dijo Colin cuando pudo hablar.

–Me han llamado cosas peores –replicó Liam sin

perturbarse mientras se separaba del coche–. ¿Quieres volver a intentarlo?

–¡No! –exclamó Rosa mientras se ponía entre los dos–. Estamos a la puerta de un colegio. ¿Qué ejemplo es éste para los niños?

–Hace tiempo que los niños se fueron –Liam se volvió para mirarla–. ¿Quieres decirme que lo sientes por este…?

Liam no dijo la palabra que tenía en la punta de la lengua, pero Rosa sacudió la cabeza.

–Sabes que no, pero ¿qué haces aquí? Te mandé el móvil al hotel. ¿No lo has recibido?

–Olvídate del móvil –contestó él mientras le pasaba un brazo por los hombros–. Ven.

Liam la besó sin importarle que Colin estuviera mirándolos con amargura e impotencia.

–Por Dios, Rosa –exclamó Colin con furia.

–Lárgate, Colin –susurró Rosa cuando Liam se apartó–. ¿Acaso no te das cuenta de que estás perdiendo el tiempo?

–Lo lamentarás, Rosa –la amenazó él.

–Espero que no –intervino Liam mientras acompañaba a Rosa al asiento del pasajero y él se sentaba al volante–. ¿Por qué no vas a llorar al hombro de Sophie? Parece que es tu paño de lágrimas, ¿no?

A pesar de todo lo que había pasado, los dos iban muy callados mientras salían de las instalaciones de colegio. Era como si Colin les hubiera servido de conexión y una vez desaparecido ninguno de los dos supiera qué decir.

–¿Por dónde voy? –preguntó Liam–. No tengo ni idea de cómo ir a tu casa desde aquí.

–¿No te acuerdas? –Rosa lo miró fijamente.

–Si te refieres a la otra noche, fui andando desde

la plaza del mercado –entró en medio del tráfico–. Es por aquí, ¿no?

–Sí.

Rosa lamentó no haberse enterado de que el martes por la noche él no tenía medio de transporte. Si se hubiera vestido rápidamente y hubiera salido tras él, podría…

¿Qué? Se preguntó para reprimir la idea antes de que se le formara. Que él estuviera allí no quería decir que no le hubiera mentido en el pasado. Le había hecho pensar que había ido hasta allí desde Kilfoil para verla cuando, en realidad, estaba de camino a Londres para ver a otra mujer. ¿Cómo podía saber que en ese momento no estaba de vuelta a Escocia y que había pasado por allí sólo para acostarse otra vez con ella?

–¿Qué pasa?

Liam había notado su repentino alejamiento, había notado que ya no se alegraba de verlo sino que desconfiaba. Seguramente, la emoción de volver a verlo había hecho que se olvidara de cómo se habían separado. ¿Qué estaría pensando ella en ese momento? ¿Que habían estado juntos antes y él la había abandonado?

–¿Por qué has venido? –le preguntó ella en ese momento con la mirada clavada en las luces del coche que tenían delante–. ¿Dónde está tu coche? No me dirás que has vuelto a dejarlo en la plaza del mercado…

–No he venido en coche. Mi piloto tiene un amigo que tiene una granja aquí cerca. Me ha dejado en la granja y su amigo me ha traído hasta aquí.

Rosa se volvió para mirarlo fijamente.

–¿Te refieres al helicóptero? –Liam asintió con la cabeza y ella siguió–. Creía que preferías tu coche.

–Normalmente, lo prefiero, pero así era más fácil y más rápido. Mañana tengo que volver a Londres.

Rosa se tragó el disgusto.

–Mañana... No sé para qué te has molestado en venir...

Liam soltó una maldición para sus adentros. No era el tipo de conversación que quería tener cuando estaba conduciendo. Sabía que la había decepcionado y que sólo tenía unas horas para convencerla de que no volvería a hacerlo.

–Sabes por qué he venido –replicó él entre dientes–. ¿No te lo he demostrado?

–¿Cómo? –le preguntó ella con tono burlón–. ¿Dándole un puñetazo a Colin antes de que te lo diera él a ti?

–No voy a darle importancia respondiendo –contestó él mientras miraba con desesperación el tráfico–. ¿Por dónde? –Liam dio un bocinazo e hizo un gesto obsceno a otro conductor–. Esto es fatal para mi imagen. Normalmente, soy un conductor muy considerado.

–No sé por qué, pero no me lo creo –le provocó Rosa.

–Será porque todavía no me conoces bien. –Liam soltó una mano del volante y la puso en el muslo de ella–. No te preocupes, pronto me conocerás –añadió él.

–¿Como la mujer que te esperaba en el hotel?

Liam no pudo evitar apartar la mirada de la carretera para mirarla con dureza.

–¿Cómo lo...? Rosa, era mi hermana. ¿No pensarás...? –Liam tuvo que mirar otra vez hacia delante–. Lucy es mi hermana. No digas nada hasta que lleguemos a tu apartamento.

Capítulo 14

LIAM tuvo que aparcar a cierta distancia de la casa. Mientras él cerraba el coche, Rosa fue apresuradamente hasta la verja de su casa. Abrió la puerta y subió las escaleras. Cuando llegó a su apartamento, oyó que Liam empezaba a subir. Evidentemente, todavía tenía molestias en la pierna y para ella fue un esfuerzo no bajar a ayudarlo.

Se consoló pensando que él tampoco habría aceptado la ayuda. Entró, encendió las luces y subió el termostato. Sin embargo, durante todo el rato no dejaba de pensar en aquellas palabras: «mi hermana». ¿Habría oído bien? Quería creerlo, pero no soportaría que estuviera mintiéndole otra vez.

Liam entró, cerró la puerta y se apoyó contra ella con alivio.

–Estoy envejeciendo –dijo él con tono burlón al ver a Rosa que lo miraba desde la cocina.

Rosa apretó los labios e hizo un gesto de no creerlo, pero tampoco lo contradijo. Se quitó el abrigo de cuero.

–¿Por qué no te sientas? –le preguntó ella con cierta sequedad.

–Claro –Liam fue hasta el sofá y se dejó caer en él–. ¿Por qué no me acompañas?

Rosa dudó, pero negó con la cabeza.

–¿Quieres tomar algo? –preguntó ella con el mismo tono inexpresivo–. Tendrás frío…

–Te aseguro que tengo cualquier cosa menos frío. Ven, Rosa. Siéntate, sabes que quieres hacerlo.

–¿De verdad?

Liam se impacientó.

–A juzgar por cómo me besaste antes, yo diría que sí. Sé que recelas de mí y no te lo reprocho después de que me comportara de esa manera, pero no resolveremos nada si sigues portándote como una virgen ultrajada.

–¿Te parece que es la manera de que te perdone? –le preguntó ella con indignación–. Te diré que no está dándote resultados.

–¡Rosa! –Liam suspiró–. No me obligues a perseguirte.

–No tengo la culpa de que te duela la pierna.

Liam tuvo ganas de agarrarla y de obligarla a reconocer que se alegraba de verlo tanto como se alegraba él de verla a ella.

–Efectivamente, me duele –replicó Liam.

–Yo no te pedí que te recorrieras todo el país en coche.

–No, pero si he tenido que acudir otra vez a la clínica de Londres, no ha sido por eso.

–¿Cómo? –Rosa lo miró con los ojos como platos.

–He dicho…

–Ya se lo que has dicho –Rosa se acercó un poco al sofá–. ¿Qué clínica? ¿De qué estás hablando?

Liam suspiró y cerró los ojos.

–¿Tenemos que hablar de esto ahora?

–Sí.

–Entonces, siéntate –Liam abrió los ojos.

—No lo haré hasta que no me digas qué culpa tengo yo.

—Bueno, me imagino que, propiamente dicho, fue culpa mía que me cayera una tormenta encima.

Rosa frunció el ceño.

—¿Te refieres a antes de que yo me fuera de la isla?

—Sí —Liam dio una palmada en el sofá—. Venga, Rosa… Te prometo que no te tocaré si no quieres.

—Primero háblame de la clínica. ¿Qué clínica es?

—Un clínica que trata a gente con algún tipo de minusvalía. Cuando me… atacaron —Liam hizo una pausa—. ¿Sabes algo de eso?

—Sólo que un demente intentó matarte.

—Bueno, es un resumen —Liam dejó escapar una leve risotada—. Al parecer, ese tipo, Craig Kennedy, me confundió con uno de mis personajes…

—¿Con Luther Killian?

—No. Con un vampiro llamado Jonas Wilder que se hizo muy rico escribiendo libros de terror. Supongo que captas la relación.

—¿Creyó que tú eras Jonas Wilder?

—En carne y hueso —contestó Liam irónicamente—. La personificación del anticristo —Liam intentaba quitarle hierro, pero Rosa notó el dolor en sus ojos—. Afortunadamente, él tuvo menos éxito que Luther.

—Liam… —Rosa se sentó en el sofá y le tomó una mano entre las suyas—. Tuvo que ser espantoso.

—Creo que estaba tan conmocionado por el susto que sólo sentí incredulidad. Los médicos me dijeron que me defendí, a juzgar por la heridas que tengo. Yo sólo recuerdo que me gritaba que iba a librar al mundo de otro monstruo. Curiosamente, usaba una espada de acero y cualquier aficionado sabe que para destruir a un vampiro hay que clavarle una estaca de madera en el corazón.

–No tiene gracia –Rosa contuvo el aliento.

–Ya lo sé –Liam la miró con ojos sombríos–. No soy un héroe. Tuve unas pesadillas espantosas durante meses después de que pasara.

–Liam… –Rosa le tomó la mano y le besó los nudillos–. Ha tenido que ser horroroso.

Liam asintió con la cabeza y se soltó la mano.

–No fue agradable, pero no quiero que tengas compasión.

–No es compasión –Rosa lo miró fijamente–. Sencillamente, no sé qué decir.

–Podrías decir que te alegras de verme.

–Sabes que me alegro –dijo ella reticentemente–, pero cuando pensé que pasaste por aquí sólo porque ibas a Londres a ver a otra mujer…

–Iba a la clínica –Liam suspiró–. No te lo dije porque no me enorgullece especialmente.

Rosa lo entendió aunque ella no veía motivos para avergonzarse de nada.

–¿E ingresaste en la clínica? –le preguntó ella.

–Ayer. Esta mañana he salido para venir aquí, pero tengo que volver.

–Ya –Rosa asintió con la cabeza–. Por eso me has dicho que mañana tienes que volver a Londres.

–Sí –Liam observó que ella estaba pálida–. ¿Me crees?

–Claro.

–No está tan claro. Hace un momento me acusaste de que iba a ir a Londres a ver a otra mujer –Liam frunció el ceño–. En cualquier caso, ¿cómo conseguiste hablar con Lucy? Ella no me ha dicho nada de que haya hablado contigo.

–¿Sabe algo de mí?

–Sí.

–¿Se lo has contado tú?

–Ella me lo sonsacó. Mi hermana es muy insistente.

–¡Caray!

–¿Caray? –Liam la miró con incredulidad–. Hacía años que no oía a nadie emplear esa expresión. ¿También dices «cáspita»?

Rosa lo miró sin dar crédito hasta que comprendió que estaba tomándole el pelo.

–¡Pero bueno!

Dio un puñetazo a Liam en el brazo, él le agarró la mano y la atrajo hacia sí.

–Eso está mejor –dijo él con tono de satisfacción.

Entonces, la besó en la boca y no volvió a decir nada durante un buen rato. Fue un beso ardiente y voraz que demostró a Rosa que si habían estado tanto tiempo separados había sido por la obstinación de ella y la contención de él. Parecía hambriento de ella. Le pasó la mano entre el pelo y le colocó la cara de tal forma que pudo profundizar lo que se había convertido en una plena posesión carnal. El vaivén erótico de su lengua hizo que Rosa se estremeciera sin control, le pasara los brazos por el cuello y lo agarrara del pelo.

–Merecía la pena venir sólo por esto –masculló Liam mientras cambiaba de posición para colocarse la protuberancia que tenía entre las piernas–. Tenía miedo de que no quisieras volver a verme.

–No lo pensabas de verdad –susurró Rosa–. Si no, no estarías aquí.

–Es verdad.

Rosa pensó que nunca estaba tan atractivo como cuando fingía reconocer un error.

–Aun así, seguramente tengas que agradecérselo en parte a Lucy.

–¿A Lucy? –Rosa apoyó la frente en la de él–. ¿A tu hermana?

–Ella me ayudó a convencerme de que estaba comportándome como un idiota.

–¿Qué hizo? –le preguntó Rosa con los ojos como platos.

–Lo que hace siempre –contestó Liam irónicamente–. Insiste machaconamente en algo hasta que tienes que decirle lo que quiere saber sólo para que se calle.

–¿Quería saber algo de mí?

–Como si no lo supieras…

–Cuéntamelo. Quiero oír lo que tenía que decir.

–Bueno… –Liam le tomó la cara entre las manos–, pero antes de decírtelo, explícame cómo te enteraste de que existía.

–Mmm… –Rosa suspiró–. ¿No te lo imaginas?

–Dame ese placer.

–De acuerdo –Rosa volvió a suspirar–. Si te empeñas en hacerme pasar ese trago… Oí el mensaje que te dejó en el móvil.

–Ya –Liam hizo una mueca con los labios–. ¿Tiene eso algo que ver con los golpes que encontré en el móvil?

–¿Te diste cuenta? –Rosa lo miró desafiantemente.

–Claro –Liam le acarició los pómulos tan sensualmente, que ella sintió un escalofrío de excitación–. Lucy me lo hizo ver.

–¿Supongo que los dos os reiríais un rato a costa de ello?

–No –Liam sacudió la cabeza–. Me dio valor para venir aquí a enterarme de si estabas molesta porque me había largado o por otra cosa.

–¿Como qué?

–Como… Bueno cuando oí el mensaje de Lucy, tuve que reconocer que podría interpretarse de otra forma…

–Entonces –Rosa tragó saliva–, ¿ahora entiendes por qué pensé que ibas a ver a otra mujer?

–Sí.

–Supongo que pensarás que fue una suerte que Colin estuviera esta tarde cuando apareciste.

–Yo no diría lo mismo –Liam la miró con extrañeza.

–Sin embargo, te ahorró tener que preguntarme si seguía viéndolo. Quiero decir, cuando te fuiste del apartamento, pensaste que yo te mentía…

–¡Calla! –Liam le tapó la boca con la mano–. No sigas. No hace falta que me digas que he sido un imbécil. Desde que me fui no he dejado de lamentar no haberte dado la oportunidad de que me dieras una explicación –apartó la mano y la sustituyó fugazmente por los labios–. Si puedes, intenta entenderlo. Conozco mis defectos mejor que nadie. Sé que nunca ganaré un concurso de belleza. Además, me atrevería a decir que sabes que la chica a la que estaba prometido cuando sufrí el ataque me dejó cuando se enteró de que era posible que yo no volviera a funcionar como hombre, aparte de parecer un monstruo.

–No pareces un monstruo y… puedes… eso…

–Efectivamente –Liam sonrió burlonamente–. Sabes que no soy impotente. En cuanto al resto…

–Liam, eres el único que ve tus heridas como

algo más que unas cicatrices que están desaparecieron –Rosa le dio un golpecito en la sien–. Casi han desaparecido de tu cuerpo, pero las conservas ahí –Rosa le dio un beso en la frente–. Tienes que olvidarlas. No tienen importancia, te lo aseguro. Al menos, para mí. Ni para ninguna mujer que merezca la pena.

–Bueno, como eres la única mujer que me interesa, tendré que creerte –susurró él mientras le besaba el cuello–. Sin embargo, si soy sincero, tengo que reconocer que me alegré de ver a tu ex.

–¿De verdad? –Rosa frunció el ceño.

–Sí. Te diré que tenía ganas de partirle la cara desde que vino a tu apartamento. Creo que captó el mensaje.

–Captó el mensaje –Rosa notó que esbozaba una ligera sonrisa–. Y yo que estaba horrorizada de que pudiera hacerte daño...

–Cuando conseguí sostenerme otra vez, fui a un curso de defensa personal. Espero no tener que volver a vérmelas con un demente armado con un cuchillo, pero, en comparación con Craig Kennedy, Colin fue pan comido.

–Ya lo vi –Rosa volvió a abrazarlo del cuello–. ¿No vas a quitarte el abrigo?

–Me lo quitaré si quieres –contestó él provocadoramente mientras introducía una mano por debajo del jersey de Rosa–. Tendría que haberme imaginado que no sería tan sencillo.

–¿Qué quieres decir?

Liam se quitó el abrigo y la chaqueta.

–Mira, yo sólo llevo una camisa y no sé cuantas capas de ropa llevas tú.

–Da la casualidad de que en clase hace frío –replicó ella con tono indignado–. Sólo llevo una camiseta debajo de la blusa.

–¡Sólo! –exclamó él con tono burlón–. Entonces, quítatelas.

Rosa resopló vacilantemente.

–¡Ahora? –Rosa miró hacia la puerta–. ¿No prefieres ir al dormitorio?

–No especialmente –los ojos de Liam resplandecían seductoramente–. Creo que tenemos que bautizar el sofá.

A Rosa se le aceleró la respiración.

–No deberías decir esas cosas –le reprendió ella–. ¿Y si viene alguien?

–¿Esperas a alguien? –le preguntó él con las cejas arqueadas.

–No…

–Muy bien…

Rosa se humedeció los labios. Podría hacerlo, se dijo a sí misma, aunque nunca había hecho un strip tease para un hombre y menos para Colin. Su ex marido siempre se había comportado como si las relaciones sexuales sólo pudieran tenerse en la cama y en ese momento Rosa se preguntó si no habría sido culpa de ella.

Se agarró el borde del jersey, tomó aliento, y se lo quitó por encima de la cabeza. Se imaginó que tendría el pelo completamente revuelto, pero no se preocupó y empezó a desabotonarse la blusa. Sin embargo, estaba muy torpe y Liam, después de mirar sus esfuerzos durante un rato, le apartó las manos y tomó la iniciativa.

No obstante, los botones también se le resistieron a él y se rindió. Agarró el cuello de la blusa y la abrió de un tirón.

–Así está mejor.

Rosa se quedó boquiabierta.

–No hacía falta que la destrozaras.

–Te compraré otra. Una igual de desalentadora si quieres.

–Eres muy impaciente.

–Efectivamente –concedió él mientras agarraba el borde de la camiseta–. ¿También tiene botones?

–Sabes que no –a Rosa le costaba respirar, pero se quitó la camiseta y la blusa y las dejó en el suelo–. ¿Contento?

–En absoluto –susurró él burlonamente mientras tiraba del tirante del sujetador–. No habías dicho nada de esto…

–Estoy segura de que sabes cómo quitármelo –Rosa se estremeció.

–Yo también estoy seguro, pero quiero que lo hagas tú. Por favor…

Rosa se soltó el cierre y los tirantes se le cayeron de los hombros.

–¡Maravilloso! –exclamó Liam mientras la miraba con sensualidad.

Rosa se olvidó de cualquier pudor. Él extendió las manos y, aunque los pezones pedían a gritos que los acariciaran, Liam le pasó los pulgares por debajo de los pechos.

Sus manos eran algo ásperas, pero su contacto contra la piel hizo que ella sintiera un anhelo abrasador en el vientre. Quería que él la acariciara por todo el cuerpo, sobre todo entre las piernas, y la espera empezaba a ser insoportable.

Con dedos vacilantes, ella le buscó los botones de la camisa y él le dejó. Le quitó la camisa y él no se lo impidió. Notó un repentino abultamiento en sus pantalones cuando le acarició el vello que le crecía en medio del pecho. Cuando él vio adónde miraba ella, dejó escapar un gruñido.

—Sí, estoy impaciente.

Liam le tomó los pechos entre las manos y al notar los pezones erectos no pudo evitar inclinarse para tomar uno entre los labios.

Sin embargo, aquello no satisfacía a ninguno de los dos y Liam intentó soltarle el botón de los pantalones.

—Yo lo haré —dijo ella con la voz entrecortada.

Mientras Rosa se quitaba los pantalones y las bragas, Liam también se desnudó. Por primera vez, ella tuvo la oportunidad de ver la cicatriz que iba del vientre al interior de su muslo. Liam notó que la miraba, pero no se tapó.

—Es fea, ¿verdad? —comentó él con aspereza.

Rosa, sin embargo, se inclinó para trazar una línea de besos que iba desde el principio de la señal hasta la zona más sensible entre sus piernas.

—Espera —Liam casi no podía respirar—. Quiero tener el clímax dentro de ti y, si no paras, no puedo garantizártelo.

—Entonces, ¿a qué estás esperando? —replicó ella mientras se tumbaba en el sofá con una pierna en alto y se acariciaba el cuerpo—. No voy a escaparme.

Epílogo

SEIS meses más tarde, Rosa estaba mirando por la ventana del dormitorio la vista que no dejaba de maravillarla. Era primavera y Kilfoil empezaba a llenarse de colores. Veía el mar cubierto de espuma y casi no podía creerse que llevara seis semanas casada con Liam. Naturalmente, llevaba en Kilfoil desde Navidad, excepto las cuatro semanas que pasaron en el Caribe después de casarse, pero le parecía que siempre había vivido allí. Ya no quería vivir en ningún otro sitio, como Liam.

Habían sido seis meses increíbles desde que él apareció en el colegio aquella tarde. Al principio, había estado convencida de que había sido un sueño. Le parecía imposible que él la amara.

Su familia se quedó atónita cuando les presentó a Liam. Su madre dudó de que él fuera en serio con su hija mayor.

–Si hubiera sido Sophie –comentó ella con su típica falta de tacto–, no me habría extrañado.

Rosa se tragó el comentario como se había tragado todas sus desconsideraciones toda la vida, pero a Liam no le gustó que la ofendiera.

–El problema de tu madre –le dijo a Rosa cuando estuvieron solos– es que no se da cuenta de que, aunque tiene dos hijas preciosas, sólo una es una auténtica mujer.

La propia Sophie estuvo muy moderada. Aunque no podía evitar coquetear con todos los hombres que conocía, no se ofendió cuando Liam le tomó el pelo sobre eso. Le dijo a Rosa que Liam era un verdadero mirlo blanco y que le habría encantado que hubiera sido él quien la llevara a Londres y no el tipo aquél.

La única pega fue Kayla Stevens-Pereira.

Liam tuvo que volver a la clínica y, cuando Kayla se enteró de que estaba en Londres, se abalanzó sobre él, le suplicó que la perdonara y le aseguró que era el único hombre al que había amado.

Kayla, naturalmente, se ocupó de que apareciera en todos los titulares y, aunque Liam la llamó todos los días para decirle que la añoraba, Rosa no pudo evitar preocuparse.

Sin embargo, dos días después de que la visita de Kayla a la clínica apareciera en los titulares de toda la prensa sensacionalista, Liam volvió a aparecer en Ripon, aquella vez, con un anillo.

El compromiso se publico en *The Times* al día siguiente y aunque a Liam le habría gustado que Rosa dejara el trabajo inmediatamente para volver con él a Escocia, accedió a esperar hasta Navidad.

Rosa estaba suspirando cuando oyó una voz somnolienta.

—¿Qué haces?

Rosa se dio la vuelta y vio que su marido también estaba despierto. Estaba apoyado en los codos y medio destapado. Rosa se acercó y se arrodilló junto a él.

—Estaba admirando la vista —contestó ella que

era consciente de que su camisón dejaba muy poco para la imaginación.

–Mmm –Liam sonrió–. Sé muy bien lo que quieres decir.

Él, sin embargo, estaba mirándola a ella y no a la ventana. Rosa lo empujó contra las almohadas.

–¡Eres un caso! –Rosa se puso a horcajadas sobre él–. Pero estoy tan contenta de estar en casa que te perdono.

Liam arqueó las cejas.

–¿No te lo has pasado bien en la luna de miel? –le preguntó Liam con tono burlón.

–La luna de miel fue… maravillosa. Me encantó el Caribe y lo sabes, pero este sitio es nuestra casa.

–¿Sabes? No sabía que las auténticas pelirrojas se pusieran morenas, pero tú tienes un tono de piel muy bonito.

–¿Estás insinuando que no soy pelirroja?

Liam la miró entre las piernas.

–No. Sé que lo eres. ¿Quién iba a saberlo mejor que yo?

Rosa no pudo evitar sonrojarse.

–Al menos no soy la delgaducha que era cuando nos conocimos –dijo ella para cambiar de conversación.

–No –Liam le pasó las manos por las caderas y ella notó la erección debajo del trasero–. Estás engordando. La señora Wilson estará contenta.

–No estoy gorda, ¿verdad? –le preguntó ella con espanto mientras volvía a bajarse de la cama para mirarse en las puertas de espejo del vestidor–. ¡Dios mío! Estoy poniéndome gorda –Rosa se pasó la mano por el vientre–. Tengo que dejar de comer esas tartas de chocolate de la señora Wilson.

Liam apareció detrás de ella. Estaba desnudo y, por un instante, ella se distrajo con la belleza musculosa de su cuerpo. Naturalmente, seguía teniendo las cicatrices, pero ella casi no se las notaba y él había perdido la vergüenza de mostrarse desnudo.

–Deja de preocuparte –la tranquilizó él mientras la abrazaba por detrás y la estrechaba contra su erección–. Te amo tal como eres.

–Pero nunca he sido gorda.

Rosa se estremeció al ver las manos de Liam sobre la odiosa curva de su vientre. Se encendía al más mínimo contacto de él.

–No crees que puede ser otra cosa, ¿verdad? –le preguntó él mientras le besaba el cuello.

–¿Qué estás diciendo? –Rosa contuvo el aliento.

–Bueno, llevamos seis meses durmiendo juntos y, que yo sepa, no hemos tomado precauciones.

Rosa lo miró fijamente en el espejo.

–¿Crees… que puedo estar embarazada?

Liam se encogió de hombros.

–Tú insistías en que no podías tener hijos –contestó él con delicadeza–, pero yo no estoy convencido. Mis dos hermanas han estado embarazadas y esto se parece muchísimo.

Rosa resopló y, con dedos vacilantes, se tocó el abultamiento del vientre. Era demasiado duro para ser grasa. ¡Era una posibilidad que no se había planteado!

Después de estar cinco años casada con Colin y no quedarse embarazada, ella había dado por supuesto que era culpa suya.

Intentó acordarse de cuándo tuvo el último periodo y cayó en la cuenta de que habían pasado ocho semanas. ¡Desde antes de casarse con Liam!

–¿Sabes? –Liam le interrumpió delicadamente sus pensamientos–. A lo mejor Colin no podía tener hijos…

Rosa se volvió para mirarlo a los ojos.

–¿Tú crees?

–¿Por qué no? No hacía nada bien, ¿no?

Ella dejó escapar una risita nerviosa.

–¿Y si estuviera embarazada? ¿Qué te parecería?

–Si tú fueras feliz, yo sería feliz. Me habría gustado tenerte para mí sólo un poco más de tiempo, pero para eso están los abuelos, ¿no?

–¿Crees que tus padres se alegrarán?

Rosa conoció a los padres, hermanas y demás familia de Liam en la boda y le cayeron muy bien. Como era natural, ¿cómo no iban a caerle bien las personas que habían hecho de Liam el hombre que era?

–Estarán encantados. Estoy haciéndome mayor…

–Me parece que no tienes motivos para preocuparte –Rosa se apartó para admirar su prominente virilidad–. Vamos, estoy quedándome helada y tenemos algo que celebrar.

Sean Liam Jameson nació seis meses y medio después y, pese a la angustia de Liam, el parto fue en el dormitorio principal del castillo de Kilfoil con la única ayuda de la comadrona local.

Liam lo había arreglado todo para llevar a Rosa en helicóptero al hospital más cercano en cuanto rompiera aguas, pero una tormenta arrastró una embarcación de pesca hacia el mar del Norte. Rosa, aunque también sintió cierta angustia, insistió en que era más importante rescatar a los pescadores que llevarla al hospital. Ella estaba fuerte y, según la comadrona, era perfectamente capaz de dar a luz a un hijo sin médicos ni sala de partos.

Efectivamente. El parto fue increíblemente fácil y corto y, cuando la enfermera dejó al niño en brazos de Liam, él, por primera vez, pareció completamente asombrado.

–¡Es precioso! –exclamó él mientras lo acercaba a Rosa.

Rosa sonrió.

–Como su padre –susurró ella, que acarició la mejilla de su hijo.

Sin embargo, Liam sacudió vigorosamente la cabeza.

–Tú eres la preciosa.

Rosa, a pesar de que estaba agotada y empapada de sudor, supo que él lo decía de verdad.

Bianca®

Cuando aquello hubiera acabado, ambos tendrían que pagar un precio que jamás habrían imaginado...

Lisa Bond se había deshecho de las ataduras del pasado y ahora era una importante empresaria por derecho propio.

Constantino Zagorakis había salido de los barrios más pobres de la ciudad y, a fuerza de trabajo, se había convertido en un millonario famoso por sus implacables tácticas.

Constantino le robaría su virginidad y, durante una semana, le enseñaría el placer que podía darle un hombre de verdad...

El precio de la inocencia

Susan Stephens

Deseo®

Un hombre misterioso

Merline Lovelace

Liz Moore acababa de sufrir un abandono y había jurado besar al primer
hombre atractivo que se cruzara en su
camino en aquella paradisíaca y desierta playa mexicana. Fue entonces
cuando apareció Joe Devlin, el candi-
dato perfecto. Nada más ver aquel
cuerpo perfecto, Liz pensó que debía
cumplir su promesa y darle un apasio-
nado beso en los labios. Pero...
¿quién era aquel hombre realmente?
Desde el principio Devlin supo que no
era el único que tenía secretos, así
que decidió mantener a Liz vigilada,
para lo cual debía estar muy cerca de
ella...

**Ambos ocultaban muchas cosas...
pero no el deseo que sentían**